星のことづて 第三集

御伽草子の再話集

畠山 美恵子

渓水社

まえがき

狭義の「御伽草子」は、江戸時代、大阪の書肆・渋川清右衛門が「御伽文庫」の名で刊行した二十三編の短編物語を言います。この二十三編に類似し、室町時代から江戸時代初期までに流布していた多くの短編、中編の物語は、広義の「御伽草子」と呼ばれます。これらの物語は、広く多くの人びとに愛好されました。

諸説ありますが、一般的に室町時代は、西暦一三三六年から一五七三年までを指します。その前期（一三三六～一三九二）を南北朝時代、一四六七年から始まる応仁の乱後の後期を、戦国時代と呼ぶこともあります。

御伽草子はおよそ二五〇年間に成立した四、五百編もの作品の総称ですから、その内容も多岐にわたります。「おとぎ話」という言葉にふさわしい奇想天外、荒唐無稽なものがある一方、心理描写が細かく、現代でも小説として通用する作品もあります。

この第三集に収めた作品のうち、主人公が理不尽な不幸に見舞われる物語は、御伽草子に対するイメージを変えるものと思います。

御伽草子の多様な空想世界を楽しんでいただければ幸いです。

目次

星のことづて　第三集

御伽草子の再話集

大悦物語

だいえつものがたり

これはたいへんめでたいお話です。

親孝行で信心深い男が、神仏の加護を受けて福徳と立身出世を手に入れます。その内容から、正月に読むのにふさわしい物語とされていました。

平安時代末期から江戸時代にかけて、「千秋万歳《せんずまんざい》」と呼ばれる生業の人が、年の初めにめでたい詞章を唄い舞う門付《かどづけ》を行い、家内においてはめでたい草子が読まれていました。

底本の題名は「大悦物語」ですが、他の伝本では「大黒舞」となっています。それらの装丁は、金泥や金切箔などが用いられ豪華です。裕福な家の子女が正月の読み初めに愛読したものと想像できます。

底本の原本は国立国会図書館の蔵書で、格調の高い挿絵がある美しい絵巻であるといわれます。御用絵師広守の箱書きがあることから、江戸時代中期に制作されたと考えられます。室町時代後期から江戸時代初期に成立した物語が、長く人びとに愛好されたことが分かります。

底本として、「室町時代物語大成　第八」三八八頁から四〇一頁所収の「大悦物語」（江戸時代中期の絵巻）を用いました。

［一］

昔むかしのお話です。

大和の国、吉野の里に、大悦の助という親孝行な人がいました。七十歳を越えて足腰が弱くなった両親を養うために、山に入って木を伐り生計を立てていました。

あるとき、いつものように山で仕事をしていると、急に雨が降りだしました。父親は息子が濡れないかと案じ、蓑笠を持って迎えに来ました。

「お父さん、心配してくれるのは嬉しいけど、お父さんが足を滑らせて転んだら大変です。これからはこんなことはしないでくださいね」

大悦の助は親に気遣いさせたことを申し訳ないと感じました。

また、ある風の強い日に、母親が着物を持って来てくれました。

「お母さんの方こそ、風邪をひいてしまうではありませんか」

（何とか山に行かずに家にいて、お父さんお母さんを養うことはできないものだろうか）

いくら考えてもなかなか名案は浮かびません。

そこで、願いを叶えてくださると評判の、京の清水寺にはるばるお参りをしました。

（父母を思いのままに養わせ給え）と一心に祈ると、慈悲深い観音様は老僧の姿になって現れ、こうおっしゃいました。

「汝、親に孝行するにより、諸神、諸仏が汝の福寿長命を守っておられる。我も汝に福を与えよう。ここから帰るときに、階段の一番下の段に一本のわらしべがある。それを拾って帰れば福となろう」

外に出ると、老僧のお告げのとおり、階段にわらしべが一本置いてあります。

手に取ろうとしたその時です。どこから現れたのか、身の丈一丈もある鬼人が、恐ろしい顔をして近づいてきました。

「そのわらしべはわしのものじゃ。取ってはならん」

大悦の助はぶるぶる震えながらも大声で唱えました。

「南無観世音菩薩、南無観世音菩薩」

すると、鬼人の姿はたちまち消えてしまいました。

大悦の助は清水寺を伏し拝み、それから
(これはもともと鬼人のわらしべだったらしいが、これ一本でわしに福をくださるとは、観音様は一体どうなさるおつもりか) と首を傾げ、わらしべをひねりながら歩きだしました。

せっかく都に来たのだからちょっと見物でもしようと、子安の地蔵へお参りすることにしました。

地蔵堂のそばで梨の実を売っている男がいました。その男は鼻血が止まらず困っています。

「それは難儀なことじゃ。これを使いなされ」

（いくら観音様からいただいたとはいえ、わらしべ一本を宿に持って帰っても何の役にも立つまい。この男の鼻血を止めてやるほうがいいわい）

大悦の助がわらしべで男の小指を結んでやると、鼻血はぴたりと止まりました。喜んだ梨売りは、梨の実を三つお礼にくれました
（さても不思議な事かな。一本のわらしべが梨の実三つになったぞ）

三年坂を通りかかると、これまで見たこともないような立派な輿が止まっていて、供の男や女が右往左往しています。

「どうかなさいましたか」

「ああ、この輿に乗っておられる上臈様が急に御気分が悪くなられ、水を欲しておられるのですが、このあたりには水がなく、困っております」

「それではこの梨を水の代わりに召しあがるとよろしいでしょう」

梨を口にした上臈は気分が良くなり、お礼として大悦の助に絹二疋が下されました。

（あら、めでたや。わらしべが今度は絹になったぞ）

喜びながら三条の橋の袂にやって来ると、大番の勤めを終えて帰国する侍の一行が大勢で通

り過ぎました。そのときどうしたことか、行列の後に曳かれていた乗り替えの馬一頭が、突然倒れ臥してしまいました。従者の一人が必死になって馬を立たせようとするのですが、どうしても立ち上がりません。あきらめた従者は、近くで見物していた男に馬の処分を任せ、去ってしまいました。

一部始終を見ていた大悦の助は、男の傍に近寄って言いました。

「この馬はとても立ち上がりそうもございません。私に下さいませんか。代わりにこの絹を差し上げます」

（どうせ死んでしまう馬だ。絹と換えてもらえば儲けものじゃ）と考えた男は、馬を大悦の助に譲ると、さっさとその場を立ち去りました。

大悦の助は馬の腹を優しくさすってやりました。しばらくさすっているうちに馬は元気を取り戻して立ち上がり、二、三回胴震いした後、高らかにいななきました。見ればなかなか立派な馬で、名馬として名高い、生食《いけずき》、磨墨《するすみ》もかくやと思われるほどです。そのまま馬市に連れて行き、売ると黄金三枚になりました。

帰宅した息子から、それまでのいきさつを聞いた両親はたいそう喜びました。

大悦の助はその黄金で家を建て直し、召使も雇い入れ、両親にますます孝行することができました。

〔三〕

　さて、その年は暮れ、新玉の年の初めになりました。まだ夜も明けきらない早朝、誰かが戸を叩く音がします。

「どなたでしょうか」

「わしは大黒天じゃ。御身は親孝行でめでたい人じゃから、我らもお宿を借りて住みたいと思うてな、やって来たのじゃ」

　背が低くよく太って、まるで藍染をしたように黒々とした顔、頭巾をかぶり袋を肩に掛け、手に大きな槌を持った男が立っています。その後ろには鼠のような姿の者が十二人従っていました。たしかにそれは大黒様でした。

「これはこれは、大黒様。どうぞお入りください」

　喜んだ大悦の助はすぐに召使に命じて大黒様の好物である豆の飯を炊かせ、振る舞いました。すっかり満足した大黒様は袋から、隠れ蓑、隠れ笠、打ち出の小槌、如意宝珠を取り出し、大悦の助に贈りました。

　翌日は立春、今宵は節分という日のことです。日が暮れると、大黒様は持ってきた俵から豆を取り出して準備を始めました。

そのとき、戸を叩く音がしました。大悦の助が見に出ようとするのを、大黒様が止めました。

「その戸を絶対に開けてはならん。今宵は節変わりじゃから鬼が歩き回っておるのじゃ。門口におるのは鬼にちがいないぞ」

戸の隙間からそっと覗いて見ると、まさしく鬼が立っています。

「ここを開けろ、開けろ」と大声で叫ぶ声を聞くと、家中のものは恐ろしさで震えあがりましたが、大黒様は笑顔でこう教えました。

「恐れることはない。わしが言うとおりにすればよい。まず豆をよく炒るのじゃ。それから、鬼は外、福は内、と言いながら戸を少しだけ開けて、鬼に投げつける」

教えられたとおり豆を投げつけると、鬼は目を覆い
「なんと賢い人間の仕業かな」と呟きながら逃げていきました。

その夜も更け、明け方に近づいた頃、また戸を叩く音がしました。大悦の助は鬼が再びやって来たかと思い、じっと息をひそめていました。すると大黒様が
「今来ておられるのは、かたじけなくも、イザナギ、イザナミの命の三番目の御子蛭子の宮であられる。西宮の恵比須三郎殿と呼ばれ、海を守っておられる方じゃ。早くお迎えするがよい」

大悦の助は早速、烏帽子《えぼし》、狩衣に着替えて身なりを整え、迎えました。

恵比須様がにこにこ顔で入って来た後には、異形、異類の者たちがぞろぞろと続きました。

さすがに海を守っている神様の眷属、貝殻や牡蠣の殻などを具足のように身につけていました。

座敷に並んだ大黒様と恵比須様が互いに挨拶を交わし、そこへ大悦の助も加わりました。

大黒様は背が低くよく太っていますが、恵比須様もそれに負けないほど背が低くふくよかです。また、大悦の助もよく肥えた男なので、三人揃ったところを見ると、まことに福々しい限りです。酒宴が始まり、みな気持ちよく酔いが回った頃、大黒様が言いました。

「まことに恵比須三郎殿は舞がお上手と聞く。一曲舞ってくださらんか」

「お見せするほどのものではないが、お望みとあらば舞って進ぜよう。各々がた、囃してくだされ」

恵比須様はにこにこ顔で
「大悦と聞けばめでたの名や。子孫の末まで末広がりをおっとりて、舞い納めようよな、嬉しやな。君が代の千代に八千代にさざれ石の巌となりて苔のむすまで」と唄いながら三度も繰り返し舞いました。

大黒様が差し出した盃の酒をたっぷり飲んだ恵比須様は、今度は大黒様に舞うよう促しました。いつも笑顔の大黒様が酒に酔ってますます愉快そうに言います。

「いやいや、お恥ずかしい。稽古をしておらんから、こんな時に困るよな。お許しあれ」

けれども重ねて皆に勧められると、打ち出の小槌と扇を手にして、ゆったりと立ち上がり、唄いながら舞い始めました。

「まず、大黒が技には、一つ俵を足に踏み、二つにっこうち笑い、三に酒を作らせて、四つ世の中よいように、五ついつもの機嫌にて、六つ無病息災に、七つ何事ないように、八つ屋敷を広めて、九つ小蔵を建て並べ、十でどうと治まる御代こそめでたけれ」

舞い納めた大黒様が席に戻ると、一同喝采を惜しみませんでした。その後は無礼講となり、盃が行ったり来たり、にぎやかな酒宴が繰り広げられました。

しばらく経って恵比須様が言いました。

「大黒天はよく肥えておられるから、定めて力も強くておられよう。相撲でも取って遊ぼうではないか」

「こんなにめでたい折なれば、誰に遠慮がいるものか。いざ、相撲を一番取り申そう」

大黒様が着物をさっと脱ぎ、下帯をしっかり締めて座敷の中ほどに出ると、恵比須様も同じく出でたちました。そこで大悦の助が行司を務め、何番も何番も取り組みをして遊びました。

このように福の神が集まって、大悦の助が富貴になることを守っておられるのですから、悪いことなど起こるはずもありません。家は次第に富み栄え、召使を多く雇い、四方に蔵を建て並べ、両親をますます大切に、孝行をすることができました。

〔三〕

そのころ丹波の国、大江山の辺りに追手切右衛門という盗賊の頭目がいました。手下に、切えたりや切の助、切捨てのまくりの助、切ってやろうの助、などという一騎当千の盗人を数十人従えていました。

大悦の助が裕福で、多くの宝物を持っているという噂を聞いた盗人たちは、ある夜、吉野の屋敷を取り囲み、鬨の声を上げました。

突然のことに慌てる大悦の助でしたが、郎等のうつの太郎という若者が、よろい腹巻に身を固め勇ましく打って出ると、味方の郎等は勇気づけられ、我も我もと盗賊に立ち向かいました。

その様子を見ていた大黒様は、打ち出の小槌を手に、おっとり進み出ました。

「わしは慈悲深いことを旨としており、賊を殺すことは不憫と思うが、これほどの悪人を放っておくと、後に続く者が幾千万も出るに違いない。いざ出陣し万民を救おうぞ」

打ち出の小槌で盗人の頭目の眉間をひと打ちにしてしまいました。

恵比須様も釣竿を振り回し、釣針で次々に盗賊たちのかぶと、籠手《こて》、錣《しころ》をはじめ、顎、口、耳、目、鼻を引っ掛けて、まるで魚を釣上げるようにひとまとめにからめとってしまいました。

そもそも大黒天は仏法の守護神で、天竺では「摩訶迦羅《まかから》」と呼ばれます。

色黒く脊低く、よく太り愛嬌のある顔立ち、心は慈悲深く、大きくて重そうな袋を肩に掛けている姿からは、とても戦に強いとは見えません。しかし、本来の三面六臂の姿に戻って甲《かっ》冑《ちゅう》を身にまとい、鼠に曳かせる俵にまたがって打って出れば、たとえ幾千万の敵でも敵わないのです。

そんなわけで、盗人たちをすっかり退けてしまいました。

それからおよそ二十日ばかり過ぎた夜のことでした。雨風が激しく、稲妻もすさまじく光ります。何事かと怪しく思っていると、大門を押し破って、数十人が討ち入ったような気配がします。さてはまたあの盗賊どもが押し寄せたかと思って見回しても、姿が見えません。すると、虚空から熊のように毛むくじゃらの手が伸びてきて大悦の助の髻《もとどり》をつかむと、宙に引き上げました。

「お前の宝物のせいで、我々は修羅道に落ちてしまった。憎し、憎し」

干からびた声でそう言いながら、屋根の破風から大悦の助を連れ去ろうとしました。

それを見た大黒様は化け物に躍りかかり、打ち出の小槌でしたたかに打ち据えました。相手がひるんだところで、恵比須様がからめとろうと身構えると、化け物の姿は消えてしまいました。

大悦の助はそのときの恐ろしさで生きた心地を失い、寝込んでしまいました。

両親は心配でたまりません。

「これはあの盗賊どもの亡魂に違いない。化け物退治に威力がある蟇目鏑《ひきめかぶら》の矢を射れば、その音に恐れて近づくまい。家来たちに宿直《とのい》をさせ、蟇目の鏑矢を引かせて、出入口にはお札を貼ろう」

しかし目に見えない何者かがお札をみな剝ぎ取ってしまいました。

ここで大黒様が言いました。

「そもそも現れた悪霊どもは皆、修羅道に落ちた者たちじゃ。これを鎮めるには大般若経を読むしかない」

そこで急遽、僧たちを集め、一日に三部ずつ大般若経を読誦すると、三日目に盗人たちの姿がどこからともなく現れ、本尊を伏し拝みました。すると西の方には紫雲がたなびき、よい香りが満ち、花びらが舞い散りました。これで盗人たちの罪は消え去り、安楽世界に迎え入れられたのでした。

そのめでたい話は帝にまで達し、大悦の助と両親は内裏に召されることになりました。

帝は、大悦の助に「吉田清宗」という名前を与えられ、昇殿を許されるとともに、多くの領地を下されました。また、壬生中納言の十八歳になる姫君を妻とするよう図られたのでした。

二人の間は仲睦まじく、若君、姫君五人を授かりました。長男の御子は中将に、次男の御子は少将に、三男の御子は侍従になりました。三人とも芸能に優れ、中将は横笛、少将は琴、侍従は琵琶をよくしたので、帝の覚えもめでたく、一家はますます繁盛しました。

大悦の助の両親は五人の孫に囲まれ、春は花見、夏は池のほとりの夕涼み、秋は月見を楽しみました。

大悦の助夫婦は酒宴を催すとき、座敷の上座に大黒様と恵比須様に座っていただき、美酒を勧めるのでした。

「このようにめでたいときには、わしも一曲舞い申そう」

大黒様はにこにこ顔で立ち上がり、二度、三度と舞います。

『鳴るは滝の水。日は照るともよも絶えじ。絶えぬ流れの菊の水、命は千歳《ちとせ》を重ぬべし。天津下根《あまつしたね》も治まりて、げにめでたさぞ限りなき』

（底本の一部を、適宜、漢字を当て、濁点を付けて引用）

大悦の助の一族は繁栄し、門の外には人があふれ、輿や車が並びました。比べる人もないほど栄えたのは、ひとえに大悦の助が親孝行だったからにほかなりません。

（終わり）

【再話者のメモ】

一　室町時代から江戸時代にかけて、七福神信仰が盛んになりました。恵比須、大黒天、福禄寿、布袋、寿老人、毘沙門天（多聞天）、弁財天の七柱を崇め、福徳を願いました。

大黒天などの「天」は仏教用語で、仏教の守護神「天部」を指します。

二　「大黒舞」は門付の一種で、正月に大黒天と恵比須の姿で連れ立って門口を訪れ、祝言を述べながら、身振り手振りおかしく唄い舞うものです。

三　本文中、恵比須が唄う「君が代の千代に八千代にさざれ石の巌となりて苔のむすまで」は「古今和歌集巻第七　賀歌」（三四三番）の『わが君は千代に八千代にさざれ石のいはほとなりて苔のむすまで』（よみ人知らず）が元になっています。

恵《え》比《び》須《す》大《だい》黒《こく》合《かっ》戦《せん》

このお話は、恵比須と大黒の仲たがいを題材としています。七福神のうちでも、恵比須と大黒は揃って人々の幸福を守る存在として、室町時代から江戸時代の人びとに認識されていました。その二柱が喧嘩をするという設定には、意外性があります。荒唐無稽な物語ではありますが、ちょっとした教訓が盛り込まれています。御伽草子に「隠れ里」という作品があります。この物語はその中の、恵比須と大黒の諍《いさか》いに関わる部分を取り出して構成されています。

底本として、「室町時代物語大成　第三」　五三頁から六二頁所収の「ゑびす大こくかっせん」（万治頃刊行の刊本）を用いました。

［一］

昔むかしのお話です。

あるとき、恵比須様と大黒様の仲が悪くなり争いとなったことがありました。

それは、子鼠の小さな嘘が始まりでした。

摂津の国、西宮に住むいたずら者の子鼠が、恵比須様にお供えしてある盛物をかじりました。

それを見た社殿の二匹の狛犬が、吠えたてました。子鼠は慌てふためき、逃げ惑ううちに古井戸に落ちてしまいました。釣瓶《つるべ》を上げ下げする綱にやっと取り付き、ほうほうの体ですみかに帰ると、親鼠に泣きながら訴えました。

「西宮の拝殿の近くで遊んでいたら、狛犬が跳び出してきて、噛みつこうとしたんだ。怖かったよう」

「こんなにかわいい子に噛みつこうなど許されん」

親鼠は子鼠の言うことを信じ込みました。

「よし、こっちにも考えがある。西宮の社壇をかぶり倒し、鳥居の柱二本をうち転ばかせ」

若鼠二、三百匹が、恵比須様の社殿や鳥居の柱をかじろうと、群れをなして向かいました。

それを知った恵比須様は怒りました。

「憎き鼠どもかな。一匹も逃がすな。地獄落としを造り、下げ罠も吊るして、かかった鼠を獄門に晒し、トビ、カラスに食わせよ」

狛犬たちは地獄落としをこしらえ、恵比須様が釣をするために備えている釣針と糸で下げ罠を作って待ち構えました。

鼠の群れは社殿に押し寄せ、扉や柱をかじり始めました。その背後に狛犬たちがそっと回り、わっと吠えたてました。

驚いた鼠たちは肝を潰して大慌てで逃げ回り、地獄落としに駆け込んで圧し潰されるやら、下げ罠に引っ掛かって宙づりになるやらで、すみかに逃げ帰ることができた鼠は、わずか五、六十匹ほどでした。

生き残った鼠たちは額を集めて談合しました。

「親を失い、子を殺され、どうすればこの恨みを晴らすことができようか」

そこへやって来たのは蝙蝠の四郎です。

「昨日聞いた話だが、恵比須殿の兄者、月読《つくよみ》の宮は伊勢の国、渡会《わたらい》の郡におわすが、明日、茶の湯に招かれて西宮に来られるそうじゃ。恵比須殿は、念には念を入れて数寄屋の掃除をし、宝物の茶臼「松風」と挽木《ひきぎ》「川島」を取り出して飾っておられる。それを何とかしてはどうか」

「それはいいことを教えてもらった。すぐに恵比須の数寄屋に行って塵をまき散らし、茶臼に小便をかけ、挽木を折ってやろうじゃないか」

鼠たちが狼藉を働いた後、その様子を見た恵比須様は月読の宮に使いを送って、茶の湯の支度が調わないことを詫びました。

鼠たちの仕業が許せない恵比須様は、大黒様に鼠退治を願おうと、狛犬を比叡山へ使いにやりました。

大黒様は首を傾げて言いました。

「鼠はわしが召使っておるものたちじゃ。そんな悪さをするとも思えんがの。使い物にならなくなった茶臼と挽木の代わりをやろう。これで堪忍し給え」

大黒様が打ち出の小槌を振ると、以前の品より見事な茶臼と挽木が出てきました。

狛犬から報告を受けた恵比須様は、今度は大黒様を許せません。

「あのようないたずら者を抱えて召使としているのみならず、狼藉をしたことを認めぬのはどういうことじゃ。徒然草にも、『なくてもよからんもの、国に盗人、家に鼠』と書いてある。鼠は災いの基じゃ。それを庇い立てして、代わりの品でごまかそうとはどういう了見か。新たなものでなく、元どおりにして返せと伝えよ」

恵比須様の言葉を伝えられた大黒様も立腹して声を荒げ、使者の狛犬に言いました。

「わしは手の者を殺されたことを堪忍して一言も恨みを言わず、茶臼を弁償してやろうというのに、恵比須の言い方はなんじゃ。なくてもいいものといえば、干ばつ、大水、地震、雷など、鼠なんかよりもっとたくさんあるわ。悪し様に言われる鼠にも取り柄があるからこそ、十二支の中に加えられておるのじゃ。正月に『子の日の松』を祝い、四つの方角のうち北は『子のかた』と名づけられ水を守るとされておる。そんなことも知らずに鼠を非難するのか。これまで仲良くしてきた恵比須とわしの間柄なら、多少の悪さぐらい大目に見るのが当たり前ではないか。これ以後鼠に指でも差そうものなら、ただではおかんからそう思え。茶道具の弁償などするものか」

狛犬は恵比須様の前に戻ると、大黒様の言葉を伝えました。

「そんなことを言うなら、摂津の国の鼠どもを皆殺しにしたうえで比叡山に押し寄せ、大黒と戦って雌雄を決してやる」

それを知った鼠たちは、西宮からだけでなく、須磨の浦、一の谷、渡辺、福島、江口、山崎、八幡からまでも、取るものも取りあえず、親を連れ、子を抱えて比叡山に逃げ上りました。

一方、恵比須様の方では軍勢を揃えるために竜宮城へ使いを送りました。

竜王は首を傾げながらも言いました。

「不思議なことがあるものよ。日頃は御両所並んで福の神と仰がれておられるのにな。じゃが、こうなった上はお断りする理由はない。強者《つわもの》を集めるがよい」

『まづ、侍大将には、いづれの神も知らせ給ひし物也とて、八尋《やひろ》のクマワニ先陣なり。力は誰にもマスの魚。熊野育ちにあらね共、スズキ兄弟打連れたり。兵也と聞くからに、ナヨシと人や思ふらん。声もカレイと呼ばるるは、戦奉行のため成らん。使ひ番の其ために、スバシリをも召されたり。名はさき立ちてトビウオや戦にいつも勝つ魚と、聞けばまことにマナガツオ、はかりごとまでフカの魚。其外には、ハモ、イルカ、カマヅカ、クジラ、ハマチを先とし、中にもタイは伊勢武者にて、緋縅《ひおどし》にぞ染みたる。鱗アカメやチヌダイ、クロダイまで召されたり。

さて又、貝の一門には、ニシ、サザイ、シタタミガイ、仇のうちにもイタラガイ、やがて天下はタイラガイ、アワビ、ハマグリ、カキ、アカガイ、夜討ちをさせぬヨナキガイ、此もの共を先として、ホラノカイを吹き鳴らし、タコ、イカの手の旗ささせ、サワラに出立、シマカイラギの脛当、シャチホコ、カマボコ、差し上げて、サバの尾の矢じりを研ぎ、タチウオを腰に差し、サヨリに寄り合ひて、一の谷、須磨の浦、兵庫、西の宮に集まりたり。其勢十万八千余騎とぞ記しける』

（底本の一部を、適宜、漢字、現代かなづかいにしたカタカナを当てて引用）

【三】

日頃は柔和な大黒様も憤怒の表情を表して、比叡の山に砦を構え、都中の鼠を集めましたが、それでもまだ数が足りません。そこで木幡の隠れ里に使者が送られました。

大黒様から命じられたとあって、隠れ里に住む鼠たちは白鼠、黒鼠、野鼠、山鼠、二十日鼠など揃って戦支度をし、鳴尾の鼠、次郎穴住を大将に、十万余匹が比叡山に集まりました。

大黒様は喜んで、その軍勢を鴨川、きらら坂へと差し向けようとしているところに、西宮から使者がやってきて、恵比須様からの口上を述べました。

『そもそも我らは長年一緒におり、千年万年の末まで変わらぬ仲と思っていたが、この度このような仕儀に至ったことは誠に残念で、神道の本意にもとるものである。

それがしは、かたじけなくも、イザナギ、イザナミの命の第四の御子である。兄君は伊勢の国、渡会の郡におわす月読の宮。氏も系図も天下に申し分のない家柄である。

それに引き換え、大黒殿は色黒く、背が低く、横幅ばかり広がって見えるところは、クジラの輪切りに異ならず。手にしている小槌は番匠の木槌とでも言うべきものじゃ。肩に担いでいる袋には、日頃好んで食べておる、すはま、とじまめ、さとうまめ、豆腐なんぞが入っているに違いない。また、足の下に踏んでいる俵には何が入っていることやら。腐りかけた千石豆や鼠どものための兵糧なんかが入っているのではないか。そんなみっともないことさえこれまで堪忍していたのも、憂世の定めと思っていたからじゃ。

出陣しても、足が短いからまるでアヒルのようで、自由に動き回ることなどできはしまい。降参して謝れば許してやろう』

大黒様はからからと笑い、その使者を帰すと、今度は穴住の次郎を呼んで言いました。

「汝を使いにするからわしの言葉を伝えてこい。馬に乗って急いで恵比須のもとへ行け。猫太郎に行き合うな。鳶の助にも気を付けよ」

大黒様の言葉は次のようなものでした。

『仰せの如く日頃は一緒におり、命の終わりまで変わらない仲と思っていたが、災いが生じ、すでに戦に臨もうとしていることは、御仏の教えに背くことである。慚愧《ざんき》、懺悔《ざんげ》の心を引き換え、忍辱《にんにく》、慈悲の形を改め、不動のよろいかぶと、強情の矛を並べることは、罪、科のほども恐ろしい。

恵比須殿の系図のことは承ったが、それがしも、それに勝るとも劣りはせぬ。かたじけなくも天にあるときには須弥山の頂に座し、三十二神に仰がれる帝釈天であったのじゃ。日本には一切衆生の願いを叶えるために、姿を変えてきておる。天上にあるときには何事も望みのままであったから、貧しくて豆しか食べられないわけではない。人間の信心を呼び覚ますためにわざとそうしておるのじゃ。

足の下に踏んでいる俵は、五穀が豊かに実ることを祈るためのもの。肩に掛けた袋は、中に寿命長遠の薬を入れ、不老不死の功徳を与えるためのものじゃ。手に持つ打ち出の小槌は如意宝珠が形を変えたもので、思いどおりに宝物を打ち出だし、もろもろの衆生の願いを叶えてやろうとしておる。

そんなことより、恵比須殿は生まれてから三年の間は歩くことができず、両親が舟に乗せて海に捨てたのを、竜神が憐れんで拾われたのだったな。そのおかげでようやく成人し、西宮の社殿で諸国の商人の上米《うわまい》をもらいながら、浜辺で魚釣をして過ごしているではないか。氏より育ちという言葉がある。今その身で系図を持ち出すのはおかしいではないか。

とにかく降参し給え。それ、さなきものならば、運の尽きになるぞ』

伝え終わった穴住は、馬に乗って戻りかけましたが、鳥居の辺りで虎毛の猫がニャーと大声を上げたのを聞くと肝を消し、日頃は速いと思う馬の脚さえも遅く感じられるほどで、とにかく猫の鳴き声が耳から離れず、ほうほうの体で比叡山、西坂本にたどり着いたのでした。

双方は互いに譲らず、とうとう都に陣を張ることとなりました。

恵比須様は四条室町の恵比須町に、大黒様は二条河原町の大黒町に、それぞれ陣取って旗をなびかせ矛を並べ、夜回りを固く申し付け、用心厳しく備えています。

恵比須様は、萌黄色のよろいを着て折烏帽子を被り、黄金造りの太刀を佩き、八尋のクマワニに白銀のくつわをかませて出で立ちました。

一方大黒様は錦の直垂に黒革縅のよろいを着、鉢巻をむずと締め、大きな象にゆったりと乗って現れました。

一触即発、と思われたそのときです、布袋様が両陣のまん中に分け入りました。いつもは唐土に住んでいる布袋様ですが、ちょうど日本に来ていたところ、恵比須様と大黒様が戦に及んでいることを耳にして、仲直りさせようと、取るものも取りあえず駆け付けたのです。

「そもそも、仏教も神道も争わないことを旨としておるではないか。仇をもって仇を返せば、いつまでたっても終わりはない。また、百度戦い百度勝ったとしても、一度忍ぶことのほうが価値あるものじゃ。立派な両人の仲が悪くなったことは腑に落ちぬ。福の神の諍いは、貧乏神の喜ぶところじゃ。諍いのはじめをたどると、総じて些細なことからはじまっているものじゃ。ここはお互い平に堪忍されよ」

布袋様からじゅんじゅんと諭されると、恵比須様も大黒様も気持ちを鎮め、戦にはならずに済んだということです。


（終わり）

【再話者のメモ】

一　恵比須は、商売繁盛、福の神として広く信仰される兵庫県西宮神社の祭神。日本書紀に記された、イザナギ、イザナミ二柱の神様の間に誕生した三番目の子「蛭子の宮」と同一視され、恵比須三郎とも呼ばれます。
底本では、恵比須は自らを「イザナギ、イザナミの命には第四の御子也」と言っているので、そのまま再話しました。

二　大黒天は、仏教が発祥したインドで摩訶迦羅《まかから》と称され、仏法を守護し戦闘を掌る神でした。日本に渡ってからは、大国主命と習合し、福徳の神として民間の信仰を集めています。
底本で大黒天は自分のことを、「天に有ては須弥山の頂に座して三十二神に仰がるる帝釈天也」と言っていますが、正しくは大黒天と帝釈天とは異なります。こちらも底本のまま再話しています。

三　底本に、「徒然草にも、なくてもよからんもの、国に盗人、家に鼠と言ふなれば」とあります。
それは徒然草の第九十七段
『その物につきて、その物を費《つひや》しそこなふ物、数を知らずあり。身に虱《しらみ》あり、家に鼠あり、国に賊あり、小人に財あり、君子に仁義あり、僧に法あり』
を踏まえたものと思われます。

雪女物語

ゆきおんなものがたり

この物語は、三部構成になっています。各部で登場人物が異なりますが、名剣の持つ特別な威力を讃えることが全体を通じた主題となっています。

昨今の刀剣ブームで名剣に関心を持たれる方にとって、興味深いお話だと思います。

なお、私たちが抱いている「雪女」のイメージと、この物語の「雪女」の正体とは大きくかけ離れています。

底本として、「室町時代物語大成　第十三」三三六頁から三五五頁所収の「雪女物語」（寛文五年の刊本）を用いました。

【一】


一条天皇の御代（九八六〜一〇一一）のお話です。

帝は、都に疫病が蔓延し亡くなる人たちが後を絶たないことを憂い、悪疫を鎮めるため、三条小鍛冶宗近に、御剣を打つよう命じられました。名剣には悪鬼を滅ぼす力が宿ると考えられていました。

宗近は大変名誉なことと思いました。

しかしそのときは、相鎚を務めるほどの技量を備えた弟子がいませんでした。

宗近の妻が言いました。

「このようなときには神力におすがりするべきです。氏神様の稲荷明神にお参りいたしましょう。私が先に参りますから、後からおいでください」

妻は供の小女を一人連れて稲荷の宮に急ぎました。

法勝寺の近くに来たときです。どこから現れたのか、一人の童子が妻に話しかけました。見れば、黒髪は少し乱れていますが、切れ長の目をし、鼻筋の通った賢そうな顔立ちで、秋の花々を縫いとった美しい衣を着ています。

「三条小鍛冶宗近殿の女房ではありませんか」

いきなり話しかけられた妻は怪しみ、さりげなくこう返しました。

「上京今出川辺りに住む者でございます。稲荷の宮に願掛けに参るところでございます」

「隠すことはありません。畏れ多くも帝から御剣を打つよう命じられ、神の力を頼もうと稲荷へ参るところだと存じています」

妻が答えに窮して佇んでいるところへ、内裏の上臈らしい一行がやってきました。輿が停まり、中から声がかかりました。

「そこにいるのは藤が枝ではないか」

宗近の妻は以前、内裏の女房として出仕しており、そのときの名を藤が枝と言いました。仕えた主は歌人の和泉式部で、ちょうど今、稲荷の宮に参詣した帰りに、輿に乗って通りかかったのです。

「そうでございます。稲荷の宮にお参りするところ、この子に呼び止められておりました」

妻は童子と立ち話をしていることを見咎められたような気がしたのです。

ところが和泉式部はこう言いました。

「この子とは誰のことか。そなたのほかには小女しかおらぬではないか」

妻は和泉式部に見せようと、童子の袂を引き寄せましたが、和泉式部の目に童子の姿は映りません。

「稲荷の山では狐に気をつけるがよい」

そう言い残すと、和泉式部の一行は立ち去りました。妻は
（さてはこの童子は狐だ）と気づきました。すると童子は厳かに言いました。

「私を恐れなさるな。私は稲荷大明神の命により、御剣を打つための相鎚を務めるために遣わされた小狐である」

妻が畏って小狐童子に手を合わせると、童子の姿はかき消すように見えなくなりました。

後からやって来た宗近にこの出来事を語り、二人揃って稲荷の宮にお参りして、御剣が見事に打ち上がりますようにと、一心に祈ったのでした。

宗近は吉日を選び、鍛冶場に壇を築き、その周りに七重の標《しめ》を張り回しました。自身は烏帽子、直垂を身につけ威儀を正し、御幣を捧げ持って八百万の神々に願いました。

「ありがたくも勅命を受け、今、御剣を打とうとしております。決して自身の高名のためではございません。どうぞお力をお合わせください」

すると虚空に声がしました。

「いかに宗近。今こそ御剣を打つときである。力を添えよう。頼もしく思え」

いつの間にか、小狐童子が姿を現していました。

宗近が打つと小狐が相鎚を打ち、その響きは天地に鳴り渡りました。

やがて見事な剣が打ち上がり、表面に小鍛冶宗近、裏面には小狐と銘を入れました。剣ができあがると小狐童子は雲に飛び乗り、稲荷の山に帰っていきました。

この御剣は後に「小狐丸」と呼ばれ、天下にまたとない二つ銘の名剣として知られることとなりました。

帝はこの剣をたいそう喜ばれ、重宝の一つに加えられました。

名剣の威徳によるものでしょうか、疫病も収まり、天下万民心を安らげることができたのでした。

[二]

さて、その年の冬のことです。都に化生の物が出没して人心を惑わし、洛中洛外の人が恐怖に襲われるという事態が起こりました。

帝は公卿、殿上人を集められ、その詮議により、多田満仲（源満仲）に退治させよ、との宣旨を下されました。

京童の噂によれば、この化生の物というのはたいそうな美女だそうで、雪が降る夜にだけ洛中洛外に出没することから、雪女と呼ばれました。

満仲は家来の左衛門尉に命じ、まず様子を探らせました。

雪の降る夜を待ち、腕利きの若党を一人だけ連れて洛中を探し回った左衛門尉は、雪女を見つけられないので、次に五条の河原に行ってみることにしました。

十一月末の夜半のこと、降る雪に袖もぐっしょりと濡れています。

しばらくして雪が止むと、川の向こう岸に人影が見えます。急いで橋を渡り近づくと、そこには妖艶な女房が月の光を受けて立っていました。その傍には一人の侍女がいました。

(これぞまさしく噂の化け物だな)

左衛門尉は剣を抜いてとびかかりました。しかし相手はすばやく身をかわして逃げ、二、三町ほど追いかけたものの姿を見失ってしまいました。侍女だけでも捕らえようと戻ってみると、若党がすでに侍女を捕らえていました。

二人は早速満仲の屋敷に上がり、侍女を差し出すと、満仲が侍女に問い質しました。

「いかに女。汝は化生の物とは見えぬが、いかなる者か、まっすぐに申せ。偽りを申せば切り刻むぞ」

「私は五条油小路の者でございます。去る十八日に清水に参詣した帰り、どういう訳か道に迷ってしまい、五条の河原をさ迷っていました。すると、やんごとない上臈が現れ、やはり清水に参った帰りに道に迷ったと言い、よい道連れであるから、付いて参れと言われました。付いて行ったところは如意が嶽の洞でした。それからは帰ることができず、上臈の侍女とされて夜な夜な洛中洛外を歩き回ることになってしまいました。逃げ出すことができなかったのは、何か見えない力に縛りつけられていたからでございます。私は決して化生の物ではございません。どうか命をお助けください」

侍女とされた娘は泣きながら訴えました。

「その化生の物は洞をすみかとしておるのじゃな。で、その正体は何じゃ」

「はい、年を取った女狸でございます」

「では、そなたの家に使いをやって確かめるとしよう」

娘の言ったことに間違いはなく、呼び寄せられた母親は、行方が知れなかった娘が戻ってきたので、嬉し涙を流しました。すぐに娘を連れて帰りたいと申し出ましたが、娘は化生の物が退治されるまでは満仲の屋敷に留め置かれることになりました。

翌日も雪が降りました。左衛門尉は今夜こそ退治しようと、昨夜と同じ若党を伴にして京の町を上ったり下ったり、あちらこちら歩き回りましたが、雪女は現れません。化生の物が出るという噂が広がっているので、道行く人の姿は全く絶えています。鴨川の河原を三条から六条まで、行ったり来たりしても出合えないので、今度は町中に入ってみると、東の洞院の辺りでやっと人影を見つけました。近寄ると、案の定、年の頃十七、八のなまめかしい女房が白い小袖の小褄を取って帯に挟み、立っています。長い黒髪は乱れ、顔色は青白く瞳に獣のような鋭い光が宿り、見ると背筋が凍るようです。

「いかにそれなる女は人間にてはよもあらじ。この頃都に出る化生の物と見える。わが君の都で人を悩ますとはもってのほか。成敗する」

こう言って、左衛門尉が相手に斬りかかると、若党も続きました。しかし手ごたえはあったものの、またしても取り逃がしてしまいました。今宵こそ退治すると満仲に告げてきた左衛門尉です。面目なさに自害しようとしましたが、若党が止めました。

「しばしお待ちください。斬りつけたときに手ごたえがございましたから、剣をご覧ください」

そこで剣の先を見ると血が付いています。さらに辺りを見回すと点々と血の跡が続いていました。それをたどっていくと、三条の河原に行き着きましたが、その先は跡が見えません。

報告を受けた満仲は、その狸はいずれ死ぬに違いないと思いました。

ところが十日ほどすると、また雪女が現れたのです。そこで満仲は、先に留めておいた娘を召し出して、如意が嶽の洞まで案内するよう命じました。娘は

「深い山中のことだったので定かではございませんが」と断りながらも案内を引き受けました。

娘を先立てた満仲の一行は、あちらこちら山中を探し歩いた末に、岩陰の小さな穴を見つけ

ました。

「確かこのような洞でした」と娘が言うので、弓、長刀、熊手などで探りましたが獣は一匹も現れません。すると伴人の一人が
「このような洞には生柴を焚いてふすべるのがよろしいです」と進言しました。

松や楓の枝を集めて焚きつけ、穴の中に煙を煽ぎ入れた途端、狸が三匹飛び出してきました。

捕らえられた三匹の狸はその場で殺され、死骸は都に運ばれて五条の河原に晒されました。

立札には『この頃洛中にて人を悩ましたる雪女』と書かれていました。

しかしこれを見た京童たちは笑いました。

「こりゃあ三匹とも古狸と違うわ」

「化けるのは昔から神通力をもった狸と決まっておる」

「こいつらが雪女に化けることなんかあるもんか」


まさにそのとおりで、またしても雪女が出没し始めたのです。

困った満仲は再びあの娘を呼びました。

「これは全く狸の所業とは思えぬ。まさに天魔の仕業じゃ」

「仰せのとおりでございます、雪女に化けるのは先ほど晒された狸ではなく、年を取り神通力

を得た古狸でございます。狩りのときにはおそらく他山に逃げていたものと思われます。以前受けた刀傷もきっと治っていることでしょうから、大勢で捕らえようとしても難しいのではございませんか。美女に化けますから、強者が一人で女に近づき、屋敷に連れ帰るのがよろしいかと存じます。屋敷の部屋は、四方の壁だけでなく床も天井も隙間なく塞ぎ、どこからも逃げられないようにしておかなくてはなりません。そうして刺し殺すことができても、死骸は確保しておかなければ、再び生き返ることがあるかもしれません。くれぐれもご用心なさいませ」

「全くそのとおりじゃ。だれかしかるべき強者はおらぬか」

満仲の問いかけに、家来たちが口を揃えて答えました。

「右近将監が適任でございましょう。文武に優れておりますから」

名指しされた右近将監は気が進みませんでしたが、満仲に命じられたとあっては、断ることはできません。自宅に戻り、部屋の壁、床下、天井すべてを隙間なく固め、要害としました。家人はただ一人の若党だけを残し、すべて他所へ移しました。

十二月中旬、小雪の舞うある夜更け、右近は一人で洛中に出て雪女を探しました。

(さて、これからどちらに向かおうか)

四条坊門のあたりで思案していると、ひそやかな足音が近づいてきました。見ると、

十七、八の美女が長い黒髪を風になびかせ、白い小袖に紅の袴を着ています。

(これぞまさしく聞き及ぶ雪女だな)

一層気を引き締めて待ち受けると、女が言います。

「いかに御身はどなたでございますか。我は御所を忍び出で、道に迷ってしまいました。三条堀川とやらはどちらでしょうか、お教えください」

右近は女の気を引くために歌を詠みました。

「やんごとなき　雲の上人《うえびと》　あやしくも　一人たどりし　道のたまぼこ」

女はこう返します。

「小夜更けて　行き来の袖も　絶え絶えの　折しも我を　問う人はたそ」

右近が、病気の母を見舞った帰りであると言うと、女は安心した様子を見せました。右近が誘うとためらうことなく応じ、付いてきました。

かねて用意した部屋に導き、待っていた若党が酒を調えた後、中から戸を固く閉じました。

右近と女は酒盛りを始めました。女を酔いつぶし、眠った隙を見て刺し殺そうとの作戦ですが、女は少しも酔いません。やむを得ず、とうとう力ずくで取り押さえ、続けざまに三度刀を刺し通しました。若党も二刀刺し通しました。すると雪女はあっという間に右近の身体を二つに引き裂き、若党を小脇に抱えたまま戸を蹴破って逃げ出しました。

外に出た雪女に力任せに投げ出された若党は、半町も飛ばされました。しばらく気を失っていましたが、気がつくと大声で人を呼びました。集まってきた人々が見たのは、頭の骨が砕け、腰の骨も折れた若党の無残な姿でした。

「私は、右近将監の若党ですが、化生の物に、つぶてのように投げられ、この有り様です。右近殿は三刀、私は二刀、刺し通したので、退治できたと思います。右近殿は、引き裂かれて、亡くなりました。このことを、満仲様に、お伝えください」

若党はとぎれとぎれにこう言い残し、息を引き取りました。

満仲は二人の痛ましい死を悼みました。そして、五刀も刺された狸は生きてはおられないだろうと思ったのでした。

その後は、雪が降っても雪女が出ることはなかったので、都人は安心して歳末を過ごすことができました。

〔三〕

明くる年、如月の末、あちらこちらで花が咲き始めた頃です。

平兼盛の子息・兼のぶは東山の桜狩の帰りに音羽山の麓を馬で通りかかりました。山陰に幕を張り巡らせた中で酒宴を楽しんでいる一団があります。好奇心に駆られ馬の脚を停めたところ、中から一人の女房が出てきました。年は十五、六歳、豊かな黒髪、色白の肌、赤い唇をしています。女房は兼のぶの馬のくつわを取ると誘いました。

「しばらく休んでいらっしゃいませ」

もとより色好みの兼のぶです。馬から下りて幕の中に入りました。中には二、三人の侍女がおり、勧められた酒を飲んでいるうちに日も傾いてきました。兼のぶが暇を告げると、女房は恥ずかしそうに言いました。

「どうかお屋敷に連れて行ってくださいまし」

(こんな美人はこれまで見たことがない。何かいわれのある人ではなかろうか。連れ帰ると咎めを受けるかも知れぬ。しかしたとえ科に沈むことがあろうとも、この美人のほうから申し出たことを無にするのは惜しいものだ)

兼のぶは女房を屋敷に連れて帰りました。さすがに公然と披露するわけにはいかないので、忍び殿を設けて住まわせ、音羽山から連れてきたことに因み、音羽姫と名づけて寵愛しました。

音羽姫は琴を巧みに弾きこなし、筆を執っても流れるような筆跡です。音羽姫の魅力にいっそう惹かれ、二人の仲はますます深くなりました。

実は、兼のぶの屋敷には、以前から結ばれていたゆり姫という女房がいました。主君の愛が失せ、失意の中に沈んでいましたが、ある日、勇気を出して進言しました。

「ご寵愛の音羽姫を人間と思っておられるようですが、あれは昨年の冬、都を騒がせた雪女でございます。家中の者はそう思っていますが、ご寵愛が深いのでみな遠慮して申し上げないでいるのです。捨てられた恨みで私が讒言しているように思われるかもしれませんが、御主君のために申し上げております」

「では、狸であるという証拠はあるのか」

「皆が口を揃えて申しているのが証拠でございます」

「それは証拠とは言えぬ」

兼のぶが相手にしないので、ゆり姫は肩を落として局に下がりました。

一方、音羽姫はゆり姫が告げ口したことを知ると、怒りの炎を燃え上がらせました。夜になるのを待ち、ゆり姫の局に入り込むと、休んでいたゆり姫の首をねじ切り、殺してしまいました。

悲惨な最期を遂げたゆり姫を憐れんだ兼のぶですが、それが音羽姫の仕業とは少しも思いません。

しかし、一人の思慮深く忠義な家来が申し上げました。

「これは人間の仕業とは思えません。博士に占わせるのがよろしいかと存じます」

召された博士が言いました。

「このお屋敷の中に、素性の知れぬ女がおります。その女の仕業でございます」

家来たちはこぞって頷きました。

やっと冷静な判断ができるようになった兼のぶは、こう命じました。

「かまえてこのことを音羽姫に聞かせるでないぞ。皆さりげなく振る舞うように」

兼のぶは館の外回りを厳重に固めさせました。その上で音羽姫の部屋に行きました。

「御所に参内する御用ができた。留守のあいだ退屈なら、この草子でも読んでいなさい」

参内した兼のぶが事の次第を帝に申し上げると、公卿、殿上人が詮議し、満仲に退治させることに決まりました。兼のぶは帝に願いました。

「まずは自分が騙し討ちいたしますので、満仲殿には屋敷の外を警護していただきたいと存じます。また、化生の物は剣を恐れると聞き及んでおります。大変畏れ多いのですが、御宝剣を拝借できましたら、必ず退治することができましょう」

そこで帝は、数ある御剣の中でも特に大切になさっている「小狐丸」を下されました。

兼のぶは、満仲が屋敷を十重二十重に取り巻いたことを見届け、館に戻ると、何気ない態度で音羽姫を夕涼みに誘いました。

六月十三日の夕暮れのことです。

縁側で涼みながら管弦で遊び、今様を歌いながら酒宴を楽しんだ後、兼のぶは音羽姫を几帳の中に誘いました。

兼のぶが眠ったふりをしていると、そのうちに音羽姫はぐっすり眠り込みました。

（今だ）

兼のぶは隠し持っていた御剣を音羽姫の心臓めがけて二度刺し通し、相手がひるんだところで首を斬り落としました。さらに手足も切り離し、明かりをつけてみると、何とその正体は、身の丈が三尺余り、ところどころ毛の抜け落ちた古狸でした。

帝にご報告し御剣をお返しすると、兼のぶの働きが褒められました。しかし、兼のぶは申し上げました。

「これは私の手柄ではございません。ひとえに御剣の威徳によるものでございます」

この狸の死骸は、切り離された首や手足が縫い継がれた上で、洛中洛外を三日間引き回され、その後河原に晒されました。

京童はその周りに集まって、かしましく言ったものです。

「こんな古狸がようも美女に化けたものよ」

「それにしても何か恨みでもあったんかのう」

「いや、どんだけ男をたぶらかせるか、古狸の意地を見せたんじゃと、わしは思う」

「やっぱし男は若い美女に弱いんじゃのう」

こうして「雪女」が退治され、天下泰平となったのですが、これもひとえに御剣「小狐丸」の威徳のおかげであると、みな納得したということです。

（終わり）

【再話者のメモ】

一　「三条小鍛冶宗近」は生没年不詳の、平安時代中期の刀工です。小鍛冶というのは鍛冶のうちで特に刀剣を打つ人を指します。宗近は名剣を打ったと伝えられますが、残された作品は少なく、伝説に彩られた部分が多い人物と言えます。

二　この物語の［一］の内容は、謡曲の曲目「小鍛冶」の粗筋とよく似通っています。

三　源満仲は摂津の国、多田に住んだことから、多田満仲と呼ばれ、しばしば親しみを込めて「まんじゅう」とも言われます。鎮守府将軍を拝命したのですから、武勇に秀でた人物でしたが、この物語では活躍の場面はありません。むしろ、宝剣「小狐丸」を帝から拝借した平兼のぶが「雪女」を退治したところにこのお話の特徴が見られます。

四　「雪女」については、日本各地にそれぞれ多様な雪女伝説が伝承されています。明治時代の小説家、英文学者の小泉八雲はその一つを、怪談を集めた著作集に収めています。

土蜘蛛《つちぐも》

源頼光は武人として名高く、「らいこう」という呼び名でも親しまれている人物です。ただ、この物語では主人公としての武勇が描かれる場面はなく、源家に伝わる名剣の由来をはじめ、頼光にまつわる言い伝えが多く記されているところに特徴があります。

謡曲の「土蜘蛛」はこのお話と類似した内容であり、この物語と同じく「平家物語　剣の巻」にある宝剣の逸話が元になっています。

土蜘蛛退治の話は、後世、歌舞伎や神楽の演目に取り入れられました。

底本として、「室町時代物語大成　第九」四二六頁から四三五頁所収の「土ぐも」（江戸時代前期制作の絵巻）を用いました。

【二】


一条天皇の御代（九八六〜一〇一一）のお話です。

清和源氏の三代目に源頼光という強者がいました。父の源満仲が鎮守府将軍になり、摂津の国、多田に住んだことから、一族は多田源氏とも呼ばれ、名高い武士の家系でした。

満仲の嫡男頼光は、生まれつき頑健、怪力、豪胆で武芸に秀でており、さらに詩歌管弦の道も究めていたので、帝から深く信頼されていました。

世の中が平和に治まっているときには文人が主導して政を行いますが、ひとたび国が乱れると、武人をもって敵を平らげます。武人が敵や鬼神を退けるには名剣の威力を頼むことが欠かせないと言われていました。

漢の王家に、亀文《きぶん》、竜藻《りょうそう》、白虹《はっこう》、青蛇《せいじゃ》などの霊剣があるように、我朝にも「天羽々斬《あまのはばきり》」「天叢雲《あまのむらくも》」という霊剣が神代から伝えられています。しかしそれらは御物ですから手にすることはできません。

頼光は、伯耆の国、大原の名工安綱の手になる剣を得たいと日夜神に願っていましたが、望みは叶いませんでした。どうにかして名剣を手に入れたいと、大和、山城をはじめ、備前、備中、豊前、薩摩などから名のある鍛冶を呼び寄せては剣を打たせましたが、気に入るものはできませんでした。

ところが伊勢神宮に参籠した際、大神宮から三尺八寸の太刀を賜ることができ、その銘には「大原太郎大夫安綱」と刻んでありました。この太刀はかつて坂上田村麻呂が愛用していたもので、奥州の高丸を追伐したのち伊勢神宮に奉納されたものでした。その太刀を頼光が賜ったということは、頼光が神慮に適う勇者である証でした。

またあるとき、頼光が昼寝をしていると、夢の中で天から一人の女人が下り、こう告げました。

「私は唐土の弓の名人養由《ようゆう》の娘椒花女《しょうかじょ》です。これは父が秘蔵していた弓矢で、雷上動《らいじょうどう》という弓と水破《すいは》、兵破《ひょうは》という二本の鏑矢《かぶらや》です。私は父から射術を受け継ぎましたが、もう寿命が尽きようとしています。天下を飛行し、受け継いでくれる真の勇者を探していましたが、この世にはあなたしかありません。譲ります」

目覚めた後、傍に立てかけてあったその弓矢を試してみると、それまで習ったことのない養由の弓の秘術を会得していることが分かりました。

それ以後、妖怪変化のものは頼光を恐れ、近づこうとはしませんでした。

頼光はさらに八幡宮に参籠し、都の安全と源家の繁盛を熱心に祈りました。すると、八幡大菩薩（応神天皇）の御託宣をいただくことができました。

「昔、唐土の太公望は一巻の兵法書を周の武王に授け、それにより武王は天下を治めることができた。その後、張良がその書を黄石公《こうせきこう》から受け継ぎ、前漢の高祖（劉邦）に授けたので、高祖は二百年にわたる前漢の礎を築くことができた。我もこの書を受けて弓矢の守護神となり、四夷の乱れを鎮めたのである。汝は武将であり、帝を守護する者であるゆえにこの書を授ける。謹んで学び、忽《ゆるが》せにすることなかれ」

驚いた頼光の前に一巻の書が置かれていました。うやうやしくいただき、持ち帰って学ぶと、武略、智謀が備わり、虚空を駆けることさえできると思えるほどになりました。

この書は、応神天皇の母である神功皇后が唐土に多くの贈り物をし、兵法書を求められたことにより得ることができたという由来があります。皇后はこの書を学ばれ、三韓を平らげられ、後に応神天皇に譲られたのです。それは、大将としての心構えを教えるものでした。

『それ、大将たらん人はまづ人をよく見知るべし。人によく恩を与へて、それぞれに、得たることどもを行はすれば、大将は手づから手を砕き給はねども、各々よく功をなすゆへに、利をうることも速やか也。かやうなる大将をば、大勇とも良将ともほめ申すなり。我一人が力を専らとして、左右の助けなき時は功なりがたし。これを小勇とも、血気の勇とも謗る也。沛公は、三傑の功をもって天下を取れり』

（底本の一部を、適宜、漢字を当て、濁点をつけて引用）

＊　沛公は前漢の高祖、三傑は蕭何《しょうか》、張良、韓信の三人のこと

頼光はこの教えを肝に銘じたことによって、坂田公時《きんとき》、碓井貞光、卜部季武という三人の勇者を家来に持つことができたのでした。

【二】

また、頼光は渡辺綱《わたなべのつな》という家来も得ました。

器量骨柄申し分なく、七尺近い偉丈夫で瞳に強い光を持つ強者でした。甲冑を身につけて立つ様は、さながら金剛神が矛を手に悪魔を降伏させる姿そのもの。頼光はこの若者を重く用いました。天には帝釈天に仕えて仏教を守護する四天王があります。世の人は都を守護する四人の強者を頼光の四天王と呼んで称えました。

ところで、坂田公時はいささか面白くありません。

「わしのほうが古参であるのに、わが君は綱ばかり頼りにしておられる。あいつと勝負して負かさなければ気が済まん」

常々そう思っていたところ、たまたま街道で綱とすれ違いました。綱は急いで脇道へ逃げましたが、公時はその背中に向かって大声で呼びかけました。

「おう、逃げるとは卑怯なり。戻って勝負せよ」

「御辺と我が闘えば必ずともに死んでしまう。わが君が信頼なさり恩賞を篤く与えてくださっているにもかかわらず、御用ではなく私闘により命を失うことは最も大きな不忠である。元来、我は御辺に意趣はござらぬ」

綱はそう答えると、駒に一鞭当てて立ち去りました。

公時は自分の考えが間違っていたことに気づき、その夜のうちに綱の屋敷を訪ねると、頭を下げました。

「本日の次第はまことに面目ない。非を悔いてここに参った。お情けをもってお許しいただきたい」

「わざわざおいでくださりかたじけない。はじめから申し上げているとおり、御辺に恨みなどありません。どうぞお上がりください。酒を酌み交わしましょう」

それからは互いに心を許し、水魚の交わりを深めたのでした。


【三】

それからしばらくたった頃、頼光は体調を崩し、次第に食欲をなくしていきました。思い当たる原因はありません。薬師《くすし》、陰陽師、貴僧、高僧などが治療に努めるものの、病は重くなる一方です。四天王たちも毎夜おそばを離れず宿直していました。

するとある夜、頼光のおびえた声が館中に響きわたりました。

「いかがなされましたか」

四人が頼光の寝室に駆け込むと、頼光が鞘を外した太刀を手にして立っています。

「今、夢とも現とも定かではないが、七尺ほどもある黒い法師が枕上に立ち、縄を繰り出して我を絡めようとした。太刀を抜いて斬りつけたが、姿が消えてしまったのだ」

一同が明かりをともして見回すと血の跡があり、築地の外まで続いていました。

頼光はこのとき既に力強さを取り戻しており、明るく言いました。

「ここのところ病に臥せっていたのは、あの法師に悩まされていたからに違いない。今はもう気分爽快じゃ」

夜明けを待ち、四天王たちが血の跡をたどって行くと、それは大和の国、葛城山のふもとまで続いていました。一つの岩屋があり、中からうめき声が聞こえます。

「中にいるのは何者じゃ」

四天王が口々に問いかけると、中からしわがれ声が返ってきました。

「我は神代よりここに住む土蜘蛛という者じゃ。かねてより王命を軽んじ、人々を悩ました科により天罰を受けたが、今まさに命が尽きようとしておる」

姿を現したのは、頭が大きく胴は短く、手足の長い法師でした。弱っているにもかかわらず、蜘蛛のように身から縄を繰り出し、向かってくる者を絡め捕ろうとします。しかしさすがに四天王たちです。少しもひるむことなくさんざんに闘って、ついに土蜘蛛を殺してしまいました。

一同から報告を聞いた頼光は四天王の働きを称えた後、内裏に奏聞しました。

すると学識豊かで記紀に詳しい老大臣が帝にこう申し上げました。

『土蜘と申す物は昔も侍りけり。神武天皇、東征し給しとき、大和の国、高尾張の邑《むら》といふ所に、土蜘といふものあり。躯《むくろ》は短くして手足は長し。力強き故に王命に従はず。帝、軍《いくさ》を遣はし攻めさせらるるに、討つこと難し。遂に葛《くず》の網を漉《す》きて、かれを覆て、殺すことを得たり。この故に、其所を葛城《かつらぎ》と名づけたるよし申伝へ侍りき。しかれば、昔の土くもは失せ滅び候と雖も、その執心、魂魄化生して、今の代にかかる不思議をなし侍るか』

（底本の一部を、適宜、漢字を当て、濁点をつけて引用）

帝をはじめ一同は静かに、大臣の話に聞き入るのでした。

帝は、昔から続く化生の物を退治したことを喜ばれ、頼光に多くの所領を与えられました。四天王もそれぞれ恩賞を賜り、ますます忠誠に励みました。

頼光は清和天皇の血筋を引く六孫王（源経基）の孫にあたります。武人として勇名を馳せ、威勢を誇ったのも、伊勢神宮の守護があってのことでしょう。大神宮から賜った太刀は土蜘蛛を斬ったことにより「蜘蛛切」と名づけられ、家宝となりました。後に酒呑童子を平らげることができたのも、この太刀の威徳によるものと言われています。

（終わり）

【再話者のメモ】

一　「土蜘蛛」という語は辞書に次のように載っています。
『①ジグモの別称。②古代大和朝廷に服従せず異民族視された人々の呼称。背は低く長い手足をし、穴居生活をしていたという。』（大辞林　初版）

二　「四天王」は仏教を守護する四神で、帝釈天に仕え、須弥山の中腹にある四王天の主。東方の持国天、南方の増長天、西方の広目天、北方の多聞天をいいます。
それに因み、ある部門や集団で最も力量のある四人のことを四天王と呼びます。

源頼光の四天王は、渡辺綱、坂田公時、碓井貞光、卜部季武です。

三　この物語には名剣の名が多く記されています。
「天羽々斬」は素戔嗚尊《すさのおのみこと》が高天原から降りる際に持ち出した十握《とつか》の剣。

「天叢雲」は素戔嗚尊が八岐大蛇《やまたのおろち》を退治したとき、大蛇の尾から出てきたと言われる剣で、三種の神器の一つ。

「蜘蛛切」は源家に代々伝わる宝剣。この物語では伊勢大神宮から賜ったとされていますが、一般には、源満仲が作らせた名剣「膝丸」が、土蜘蛛退治以後、名を改められたとして知られています。

付喪神《つくもがみ》

数多くある御伽草子には、人間以外のものが主人公となっている作品があります。このお話もその一つです。

原本は絵巻ですが、底本とした「室町時代物語大成」には挿絵が載せられていません。ほぼ同じ内容の伝本が、京都大学図書館のデジタルアーカイブ「挿絵とあらすじで楽しむお伽草子」で公開されています。

底本として、「室町時代物語大成　第九」四一七頁から四二五頁所収の「付喪神記」（近世の模写による絵巻）を用いました。

［二］

昔むかしのお話です。

『器物、道具は百年を経ると精霊を宿し人の心をたぶらかす。これを付喪神という』と言われ、信じられていました。そういう訳で、人々は新年になる前、家内の煤《すす》払いに際し、古くなった器物、道具を道端に捨てます。百年になるまでに捨ててしまわなければ、災難に遭うと思っていたからです。

康保《こうほう》（九六四〜九六八）の頃でしょうか。恒例の煤払いの後、洛中洛外の家々から捨てられた古道具たちが、松の木の根元に寄り集まり、文句を言い始めました。

「我らは長年家々の道具として奉公に励んできたというのに、恩賞をいただけないばかりか、路上に捨てられ、牛馬に蹴とばされる境遇になっておるのは、いかにも恨めしいことではないか」

「そのとおりじゃ。こうなったからには、いっそ妖怪になって仕返ししてやろうじゃないか」

口々に不満を吐き出していると、数珠の一連入道が言いました。

「各々がた、まあ落ち着かれよ。このようになったのも、みな因果によるもので致し方ない。仇《あだ》はむしろ恩をもって返すのがよろしいですぞ」

それを聞いた杖の荒太郎が真っ先に反発しました。

「差し出がましいことを言うな、生臭坊主め。さっさとどこかへ行ってしまえ」

こう言って一連入道を、数珠の糸が切れるほどに打ち叩きました。入道は息も絶え絶えになり、命からがら逃げ去りました。

鬱憤が収まらない古道具たちは、反故の古文《ふるぶみ》先生に意見を求めました。

「オッホン。万物は陰陽の決まりでできておる。節分は陰と陽が入れ替わるときじゃ。我らも次の節分に造化の神に身を委ねれば、願いどおりの妖怪に生まれ変わることができますぞ」

古道具たちはひとまず納得し、節分の夜を待つことにしました。

【二】

節分の夜になりました。

待ち構えていた古道具たちは、造化の神に手を合わせ、その身を委ねました。

造化の神の力は偉大で、男になったもの、女になったもの、老人、子供、魑魅魍魎《ちみもうりょう》、動物など、いろいろさまざまな姿形の妖怪に生まれ変わることができました。

「これからどこに住もうかのう」

「あまりに人里から離れると、食べ物を手に入れるのが難しいぞ」

「なら、船岡山の後ろ、長坂の奥がよかろう」

そこは、牛馬家畜のみならず、人間までも攫《さら》って食料にするのに都合がいい場所なのです。

妖怪たちは衆議一決、揃って移り住み、夜な夜な京の都に出没するようになりました。

人びとは恐れ、どうにかして退治しようとします。が、何しろ神出鬼没の妖怪たちです、まともに対決することはできず、ただ神仏に祈るばかりでした。

妖怪たちは、誰はばかることなく自在に動き回ったり、酒池肉林の宴を繰り広げたり
「天上の快楽もこれには勝るまい」などと思いあがっておりました。

ある時、妖怪のうちの一人が言い出しました。

「我が朝はもとより神国であり、人間は神道を信じておる。我らは造化の神からこのように妖怪にしていただいた。しかるにその神を大切に奉っておらぬは、さながら心無き木石のごとし。これからこの神を我らの氏神として祀れば、命運久しく保たれ、子孫繁盛疑いなしじゃ」

「そうじゃ、そうじゃ。後ろの山奥に社壇を築き、変化大明神としてお祀りしよう」

神主には古烏帽子の祭文《さいもん》の守を、八乙女（神楽の舞姫）には古小鈴たちを定め、朝に祈り、夕に祀るその様子は、猛悪不善の妖怪どもでありながら、まことに神妙でありました。

さらに、人間が神社の祭礼を行うのに倣い、妖怪たちは神輿《しんよ》までも作ってしまいました。

頃は卯月のはじめ、深更に及んで一条の大通りを東へと練り歩きだしました。山を造り鉾を

立て、華やかに飾り付けをしています。

その夜は関白殿下が臨時の除目《じもく》のために参内しようと、一条を西へ進んでいました。妖怪たちの行列と正面から出合ったさきがけの従者たちは、驚いて落馬する者あり、地面に倒れ込んでしまう者あり、大混乱をきたしました。しかし殿下は少しも騒がず、車の中から妖怪どもをはったと睨みつけました。すると不思議なことに、殿下の肌の守り袋から炎が噴き出したのです。広がる炎に取り巻かれ、妖怪たちは慌てふためきながら四方八方に逃げ去って行きました。

〔三〕

殿下の一行はこの騒ぎでその夜のうちには参内できず、翌朝早く、帝にこの出来事を奏上しました。帝は大変驚かれ、早速占いの博士が呼ばれました。

「これは由々しき事態でございます。それぞれの神社では幣《ぬさ》を捧げ、寺院では祈祷を上げなければならないと存じます」

「ではすぐにそういたせ。ところで昨夜関白の肌の守り袋から炎が噴き出したのは、いかなる訳か」

「それは殿下が尊勝陀羅尼を肌の守り袋の中に収められていたからでございます。その陀羅尼は、殿下が常日頃敬っておられる僧正が、自ら書き記したものでございました」

「それではその僧正を招き、妖怪退治の祈祷を行わせよ」

僧正は恐縮して固辞しましたが、勅命とあれば行わざるをえません。優秀な弟子たち二十人を従え、清涼殿で如法尊勝の加持祈祷を始めました。禁中に護摩の煙が充満し、読経の声が響き渡りました。

六日目の夜です。

帝が聴聞のために清涼殿へと向かわれると、御殿の屋根の上に輝くものが見えました。その光の中に八人の護法童子の姿があり、ある者は剣を持ち、ある者は矛を掲げています。と、見る間にその姿は北に向かって飛び去って行きました。これは不動明王が妖怪退治のために童子たちを遣わされたに違いありません。帝は深く感動されました。

聴聞の座に着かれた帝は、本尊を礼拝された後に僧正を召されました。

「この度の祈祷は霊験あらたかであった。これも僧正の修行のたまものであろう」

帝からお褒めの言葉をいただいた僧正は、ありがたさで胸がいっぱいになりました。

さて、帝が想像されたとおり、護法童子たちは妖怪どもの根城に飛んで行きました。回転しながら火炎が噴き出す輪宝の威力で、妖怪どもはあっさり降伏してしまいました。

「よく聴くがよい。汝らが今後、人に危害を与えず、仏道に帰依するならば命は助けよう。さもなくばここで成敗するぞ」

「恐れ入りました。これからはもう決して人間に危害を及ぼしたりはいたしません」

妖怪たちは声を揃えて誓いました。

その後、落ち着きを取り戻した妖怪たちが口々に言い合いました。

「いや、護法童子は恐ろしかったな」

「危うく死んでしまうところじゃった」

「命が助かってよかった、よかった」

「落ち着いて考えてみるに、我らは妖怪となってから多くの生類を殺してきたが、その報いが返ってきたに違いない」

「護法童子が命を助けてくださったのは、これを機に仏道に帰依せよとのことじゃったな」

「そう言えば、前に我らが侮辱した一連入道は道心が深かったよな。もし我らが罪を悔いる気持ちを示せば、許して仏道に導いてくれるのではなかろうか」

「よし、皆で一連入道を頼ろう」

【四】

一連入道は山奥の庵でひたすら修行に明け暮れておりました。

ある日、戸を叩く音に気づいて出てみると、異類異形の妖怪たちがずらりと並んでいます。

「何者じゃ。わしの道心を妨げようとやってきた天魔外道どもか」

「いえいえ、そうではありません。これは古道具の成れの果ての姿でございます。我らのなした仕打ちをさぞ不快に思っておられましょうが、どうぞ仏道にお導きください」

妖怪たちは畏って頭を下げ、ここに来ることになったいきさつを語りました。

「別れてから後のことは全く知らなかった。こうして再会することができ、誠に嬉しい。その上、出家したいと聞き、実に喜ばしいことじゃ」

杖の荒太郎が進み出て言いました。

「ひどいことをいたしまして、申し訳ございませんでした。どうぞお許しください」

「いやいや、こうして世を厭い、心を澄まして修行に専念することができたのもそなたのおかげと言うものじゃ」

こうして妖怪たちは一連入道の弟子となり、剃髪して墨染めの衣を着ました。それからは入道を上人と呼んで敬いました。

僧となった妖怪たちは真面目に修行に励み、ある時、上人にこう尋ねました。

「どの宗派も同じようにありがたい教えですが、成仏する早さには教えの浅い深いが関わっていると聞きました。出来ることなら深い教えを学んで、早く菩提を得たいものでございます」

「愚僧はこれまで諸宗の教えを学び、御仏の教えはすべて同じであると知った。しかし、即身成仏を望むのであれば、真言の力に勝るものはない。昔、弘法大師がこの説を唱えられたとき、異論を説く高僧が多かった。帝の前での論争となり、帝が証拠を見せるようおっしゃった。弘法大師が手に印を結び、口で真言を唱え、一心に本尊を念じると、その姿が大日如来に変わり、しばらくしてまた元の大師の姿に戻られた。それから真言の教えが世に広まったのじゃ。これからそなたたちに真言の教えを余すことなく教えよう」

弟子の僧たちは一層修行に励み、数年が過ぎました。

「愚僧は、幸いなことにそなたたちという弟子を得て、真言の教えを残らず教えることができた。思い残すことはない」

上人はこう言い残し、即身成仏を果たしました。百八歳でした。そのとき、西の方角から光が射しこみ、一同は大日如来の浄土を目の当たりにすることができたのでした。

弟子たちはそのありがたい光景を見たことに感動し、ますます修行に勤《いそ》しみました。

〔五〕

あるとき、弟子の一人が言いました。

「我らはこうして一緒に住んでおるが、互いに頼りあって、ややもすれば怠惰になりがちじゃ。これからはそれぞれが分かれて住もうではないか。仏典にも、深山に入り、ひたすら仏道のことだけを考えよ、と書かれている」

「まことにそのとおりじゃ。わしはこれからもっと山の奥に庵を結ぼう」

「それならわしは谷に下って、松の木の根元に住んでみよう」

などと決心し、それぞれ別れて行きました。

修練の功が積り、みな成仏を遂げることができたのですが、修行の仕方がそれぞれ異なっていたので、成仏した姿もまちまちになりました。ある者は「因徳本性王如来」に、またある者は「長寿大仙王如来」に、また「妙色自在王如来」などなど。修行の形によりそれぞれ異なった仏の姿となるのが真言宗の特徴なのです。

こうして、情のない器物、道具でさえ成仏することができたのですから、まして心を持つ人間が仏になれないことなどありません。さらに、即身成仏を望むなら、真言宗に帰依するのが早道でしょう。

（終わり）

【再話者のメモ】

一　「つくもがみ」という語を辞書で引くと「九十九髪」と載せられています。これは伊勢物語第六十三段にある『百年《ももとせ》に一年《ひととせ》たらぬ九十九髪《つくも》我を恋ふらし面影に見ゆ』という歌が元になっているものです。

九十九歳と言ってもいいほどの老女の白髪を、ゴワゴワでばさばさしたツクモ草に例えています。この歌からの連想で、百年近い古道具、古器物を「付喪神」と呼んだのではないかとする説があります。

二　「古事記」に「造化の参（三）神」として、天之御中主神《あめのみなかぬしのかみ》、高御産巣日神《たかみむすひのかみ》、神産巣日神《かみむすひのかみ》が挙げられています。

三　「尊勝陀羅尼」は、仏前で唱える呪文「陀羅尼」の一つです。これを唱えたり書写をすると、悪を浄め、長寿快楽を得、自他を極楽往生させるなどの功徳があるといわれています。密教や禅宗で用いられます。

秋夜長物語《あきのよのながものがたり》

この物語は、寺院の稚児と僧侶との恋愛を主軸とした「稚児物語」の中でも秀作といわれています。多くの伝本が存在していることから、人気のあるお話だったと考えられます。

御伽草子の作品の多くは仏教の教えに基づいて描かれており、この物語の主題も仏教の讃美です。

美しく気品のある稚児のはかない人生が印象的です。

底本として、「室町時代物語大成　第一」二三四頁から二五二頁所収の「秋夜長物語」（永和三年の写本）を用いました。

＊　永和三年は北朝の年号で西暦一三七七年

【一】

御仏は出家して厳しい修行ののちに、菩薩となられました。御仏が自らを高めて悟りを得る様子（上求菩提《じょうぐぼだい》）は、春に咲き誇る桜の花に例えることができ、秋、水底に輝く満月は、御仏が衆生を仏道に導く、ありがたい様（下化衆生《げけしゅじょう》）を表しています。

人の煩悩により生じた過ちや邪なことも、実は、御仏が人びとを仏の教えに導くための方便なのです。

近ごろ耳にした不思議な話を聞かれたら、御仏の深い御配慮に感銘を受けられることでしょう。ひとつ秋の夜の長物語をお話ししましょう。

昔のお話です。

西山の瞻西《せんさい》上人は、かつて比叡山東塔の律師桂海《けいかい》と言いました。比叡山の衆徒《しゅと》ですから、天台宗の教えを究めるとともに、武術においても優れた兵法を身につけ、文武の達人と称えられていました。

桂海が三十歳を過ぎたある春のことです。

花が散り、生え替わる葉が落ちる様を見ているうちに、わが身を省みる心が深まってきました。

（よくよく考えれば、私は名誉や利益ばかりを追求してきた。仏典を学び、修行し、僧都に次ぐ律師という高い位を得た。しかしそれは俗世間の営みと変わらず、咲き誇った花がいずれは散ってしまうようにはかないものだ。これからは真《まこと》の仏道を求め悟りを得て、生死の苦界を解脱し、深山の庵室で心穏やかに暮らしたいものだ）

強く願うようになりましたが、律師という立場をにわかに捨てることはできず、また同朋、同宿との別れも辛く、これまでの生活を変えることがなかなかできません。

そこで石山寺に参詣して一週間籠り、五体を地に投げ付け、堅固な心を持って菩提心を得ることができるよう、一心に祈りました。

七日目の夜のことです。観音様を祀った仏殿の帳《とばり》の中から、姿形が優雅で美しい稚児が現れる夢を見ました。稚児は花びらが降りかかる桜の木の下に立って、舞い散る花びらを袖に受けていましたが、やがて何処へともなく消えていきました。

夢から覚めた桂海は、これこそ願いが叶った証《あかし》と信じ、喜んで石山寺を後にしたのでした。

［二］

ところが比叡山に帰ると、道心を深めて山奥に隠棲したいとの決心は薄らぎ、夢に見た稚児の姿が桂海の心をすっかり支配してしまったのです。漢の武帝が亡き李夫人の姿を反魂香の煙の中に出現させようとしたことに倣《なら》い、仏前で香をたき、稚児の姿を見ようとさえしました。しかし叶わないことに落胆し、再び石山寺に行こうと決心しました。

比叡山から石山寺への道中、三井寺の前に差し掛かったときです。春雨が降り出し、桂海の顔にほろほろとかかりました。雨宿りをするために金堂の方へ向かうと、聖護院の中庭に桜の大木が見えました。何気なく眺めていると、十六歳程の稚児が御簾の中から出てきました。薄紅の衵《あこめ》の上に水と魚の模様を織り込んだ紗の水干を重ね、すんなりと細い体に長い袴を着ています。腰まで届く髪はまるで春風になびく柔らかい柳の枝のようです。誰かから見られているとも知らず、稚児は桜の一枝を折り取りました。桜の枝を手に、ゆったりと庭を歩く姿は、まさに夢で見た石山寺の稚児そのままで、桂海はただうっとりと見とれるばかりです。そのとき一陣の風が吹き過ぎ、扉が音をたてました。稚児は扉の傍らに佇む桂海に気づき、一瞬桂海に視線を向けました。それから、桜の枝を手にしたまま静かに中へ戻って行きました。

稚児が屋内に姿を消した後も、桂海は三井寺を立ち去ることができません。そのまま金堂の縁側にうずくまり一夜を明かしました。

翌朝、再び聖護院の中庭に行くと、一人の童が水を捨てるために出てきました。

「ちょっとお尋ねする。昨日、紗の水干を召された十六、七歳ほどの若者をお見かけしたが、御存じではありませんか」

　童はものおじする様子もなく、笑顔で答えました。

「私はその方にお仕えする者で、桂寿と申します。御主人は梅若公《うめわかぎみ》とおっしゃり、御里は花園の左大臣殿でございます。とても優しく上品な方で、寺中の老僧若輩こぞって大切にし、若公と親しくなりたいと望んでおります。けれども門主は大変厳しい方で、梅若公を人前にはあまり出されません。それで若公は深窓にいて詩を作ったり歌を詠んだり、ひっそりと毎日を過ごされております」

　稚児の身の上を知って少し落ち着いた桂海は、もう石山寺には行かず、比叡山に戻りました。本当はこの時すぐに梅若公に宛てた文を童に託したかったのですが、あまりに無遠慮であると思って諦めたのでした。

〔三〕

　桂海は寝ても覚めても梅若公の面影が頭から離れません。三井寺の近くに住む昔の知人を頼り、詩歌の会や酒宴を設けて、一夜、二夜と滞在を繰り返していきました。

　桂寿もたびたびそうした集まりに呼ばれ、高価な品を贈られるうち、次第に桂海の梅若公への気持ちが真剣であることが分かってきました。

「まずはお手紙をお書きください。お届けしましょう」

桂寿に勧められた桂海は、どれほど言葉を尽くしても想いを表現することができないので、ただ一首の歌を書いて、桂寿に託しました。


『知らせばや　ほの見し花の　面影に　立ちそう雲の　迷う心を』

（ほのかに見た君は桜の花のように美しかった。私の心は君の面影を追い求め、花に寄り添う雲のように迷っている。そのことをお知らせしたい）


桂寿は梅若公に文を届けました。

「若公がいつぞや春雨の降る日に桜の花を愛でられた折、ある方が若公をご覧になりました。その方はすっかり若公に心を奪われてしまいました。文をお預かりしております」

梅若公が頬を赤らめて文を開こうとしたところに、同宿の僧が無遠慮にやって来たので、急いで文を袖の中に隠しました。

夕刻になりやっと若公から返事を託された桂寿は、急いで桂海に届けました。そこにも詞書はなく、ただ歌だけが書かれていました。

『頼まずよ　人の心の　花の色に　あだなる雲の　掛かる迷いは』

（人の心は移りやすいものです。浮気なお気持ちをあてにはしません）


桂海は返事をもらったものの、若公の気持ちが自分に向いていないことを知り、比叡山に戻ることにしましたが、一足進んでは振り返り、二足行っては立ち止まりするものですから、比叡山の麓の坂本にさえ着かないうちに日が暮れてしまいました。その夜は路傍の小屋に身を寄せて明かし、翌朝になって山に戻ろうとするのですが、まるで千人の力で引かなければならない千引《ちびき》の綱で腰がつながれているかのように、前に進むことができないのです。とうとう再び大津の方へ戻ることにしました。雨も降り始めました。すると行く手に一騎、こちらに向かってきます。見れば桂寿ではありませんか。

「ああ、嬉しい。お伝えすることがあって、行ったことのない比叡山までお訪ねしなくてはならないと思っていたところ、ここでお会いできてよかった」

こう言うと桂寿は馬から飛び降り、桂海の手を引いて傍らにある辻堂に導きました。

「何事ですか」

「若公からこれをお預かりしています。『どんな山の中までもあの方をお探しして、この文をお渡しせよ』とおっしゃったのです。まことはひとかたならぬ若公のお心迷いでございました」

桂海が文を手に取ると、焚きしめた香が強く香りました。そこには

『偽りの　ある世を知らで　頼みけん　わが心さえ　恨めしの身や』

（この世の中に偽りがあることを知らずに、あなたの心を当てにしてしまった自分の身が恨めしい）

と書かれていました。

桂寿は桂海に勧めます。

「三井寺の宿坊の一つに、懇意にしている所があります。そこにぜひご滞在ください」

熱心に誘う桂寿に従い宿坊に行くと、丁寧にもてなされました。日中は詩歌管弦の集まりで過ごしますが、夜は『三井寺の守護神である新羅大明神にお参りする』と偽って、聖護院の庭の築山や植え込みの陰に身を隠し、梅若公が出てくるのを待ち続けました。若公の方も庭に出て行きたいのですが、人目が厳しくて叶いません。それでも桂海は、よそながら若公の気配を感じるだけで満足でした。

そうこうするうち、早くも十日が過ぎました。宿坊の人は引き留めますがさすがに遠慮で、明日は山に戻ろうと思っているところに桂寿がやってきました。

「今夜は京から客人が来られ酒宴が開かれております。門主もお酒を召し上がり、ひどく酔っておられるので早くお休みになります。若公がひそかにこちらに来られますから、門を閉ざさず、夜更けまで起きてお待ちください」

桂寿は早口でそうささやくと、急いで立ち去りました。

月が南に回るまでそわそわしながら待っていると、塀の扉が開く音がしました。書院の障子の隙間から見ていると、桂寿が魚脳《ぎょのう》の灯篭に蛍を入れて明かりとし、若公の足元を照らして入ってきました。煮た魚の骨を薄くのばして作られた唐渡りの灯篭はまるで琥珀のようで、中に入れられた蛍の光が柔らかに透けて見えます。若公は金紗の水干を身につけ長い髪は少し乱れていました。淡い光の中に浮かぶその姿を見た桂海は、ただほれぼれと見とれるばかりです。

桂寿は灯篭を軒先に掛けると、書院の戸をそっと開き、若公を中に導きました。少し離れた桂海のところへも衣に焚きしめた香の香りが漂ってきます。桂海に向けられた若公の笑顔は、どんな花もどんな名月も及びませんでした。

やっと結ばれた二人にとって時間はまたたく間に過ぎゆき、夜が明けてしまわないうちに若公は名残惜しそうに戻って行きました。

［四］

桂海は、山に帰ったもののすっかり魂が抜けてしまい、まともに人と会話することさえできません。体調が悪いと断り、部屋に籠ってしまいました。

その噂を聞いた桂寿が若公に伝えると、若公も心配のあまり全く元気を失くしてしまいました。そのうちに桂海から便りがあるだろうと心待ちにしていましたが、何の知らせもありません。思い余った若公は桂寿を呼びました。

「あの方が風邪の心地と伺ったが、人の命ははかないもの。もしも亡くなってしまわれたら、どれほど手厚くお弔いをしても仕方がない。お命のあるうちに、どんな山の奥であっても探してお会いしたいのだが、黙って出れば門主に申し訳ない。どうすればいいのだろう」

落ちる涙を拭おうともせず語る若公に、桂寿が言いました。

「あの方のいらっしゃるところを知っております。お供しますからお訪ねしましょう。門主様には後で何とか申し上げればよろしいのではありませんか」

若い二人は、まだ世間をよく知らなかったのです。

宿坊を抜け出して比叡山に向かったものの、これまで徒歩で外出したことのない若公はすぐに歩けなくなってしまいました。左大臣家の若公はそれまで乗り物で出かけたことしかありません。手を引く桂寿自身も疲れ果ててしまいました。

やっと唐崎までたどり着いたところで進めなくなり、松の根元に座り込んでしまいました。

「どんな天狗や化け物でもいいから、比叡山に連れて行ってくれればいいのにね」

二人がそんなことを話していたときです。十二人の手下に輿を担がせた老山伏が通りかかりました。それは山伏を装った天狗の一行でした。

「お疲れのご様子じゃが、どちらへお行きなさるのかな」

桂寿がありのままを伝えると、老山伏は輿から降りて言いました。

「おお、我こそはお訪ねになる方の隣の坊の者でござる。お二人の様子はあまりにお気の毒じゃ。我は徒歩で参るからこの輿にお乗りなされ」

騙されていると知らない二人を乗せた輿は、山伏姿の天狗の手下に担がれ、空を飛び大和の国、吉野にある大峰山へ運ばれました。そこで二人は天狗の根城にある石牢に押し込められてしまいました。

[五]

梅若公の姿が見えなくなった三井寺は大騒ぎになりました。

門主は顔色を失っています。皆が総出で寺の中は言うまでもなく、外もあちこち探し回りましたが見つかりません。

東坂本から大津に向かう街道で若い二人連れを見かけた、という旅人の話が伝わってきました。

「昨日の夕方、旅の者が唐崎の浜で二人を見かけたそうでございます」

「このところ若公と忍んで会っていた比叡山の衆徒がいたようです。その者が若公を連れ出したに違いありません」

「我らがどれほど若公を大切に護ってきたか。それを断りもなく連れ出すなど許しがたい。じゃが、比叡山にいきなり押し寄せて若公のことを問い質すのは難しい。父親が行方を知っているかもしれない。まずは左大臣の屋敷に向かおうではないか」

三井寺の僧兵五百人余りは白昼堂々と三条京極にある花園の左大臣の屋敷に押し寄せました。何も知らない左大臣家の警護の者たちは、初めは穏やかに対応していましたが、やがて口論や小競り合いがはじまると、激高した僧兵たちと闘わざるを得ず、必死に防戦しましたがついに攻め込まれてしまいました。僧兵たちは勢いに乗り、寝殿造りの立派な屋敷に火を掛け、すっかり焼き払ってしまいました。

それでも三井寺の僧兵たちの怒りは収まりません。切望している三摩耶戒壇《さんまやかいだん》建立が、比叡山により阻止されていることをかねてから恨みに思っていた僧兵たちは、これを天が与えた好機と考えました。

「この勢いで、三摩耶戒壇を建ててしまおうではないか」

「そうなると比叡山が黙ってはおるまい」

「ぐずぐずしてはおれん。寺を固めよう」

僧兵たちは、比叡山の如意嶽から近江に通じる如意越えの大道の数か所を掘り起こし土を盛って寸断すると同時に、三井寺を砦のように固めました。

一方の比叡山側も黙ってはいません。戒壇の件でこれまで六度も小競り合いを繰り返してきた間柄です。公に訴えて裁断を待つまでもないと、末寺、末社三千余りに触れを出しました。馳せ集まった衆徒で比叡山の山上から坂本まであふれる中、桂海は先陣を切りました。この騒乱の原因は自分にあると分かっています。腕に覚えのある衆徒五百人を従え、夜明け前には如意越えから三井寺に押し寄せました。

双方が激しく戦う中、桂海の活躍は目覚ましく、三井寺の僧兵が逃げ出したところで、桂海の部下たちは寺に火を放ちました。

三井寺は新羅大明神の社殿だけを残し、ことごとく灰燼に帰しました。

〔六〕

石牢に囚われている若公は、三井寺がそのようになってしまったことを知りません。牢の中に、ほかにも囚われている道俗男女がいましたが、皆、暗がりの中で泣くばかりです。

ある日、天狗どもが集まり酒宴を始めました。小天狗が機嫌よく語り始めました。

「我らが愉快と思うのは、火事、辻風、喧嘩、比叡山と興福寺が神輿を揉み合う神輿振《みこしふ》りなどじゃが、いや、昨日の三井寺での合戦は、この世にまたとない見ものじゃった」

「そうよ。よくもこの梅若公を攫ったものよ。そうでなければ、これほどの戦になることはなかったからな」

「全くじゃ。三井寺の門主や衆徒どもが逃げ惑う様は、おかしくてたまらんかった」

どっと笑う天狗どもの声を聞いた若公は、自分の行いで三井寺が悲惨なことになってしまったことが情けなく、桂寿と二人手を取り合って泣き崩れました。

ある日、天狗が一人の翁を牢の中に投げ込みました。

「こいつは、淡路の国で雨雲を踏み外して地上に落ちてしまった奴じゃが、虚空を飛ぶことができるそうじゃ。何かの役に立つかもしれんので放り込んでおこう」

この八十を越えたとおぼしき老人は穏やかな人でした。二、三日ほど若公と桂寿の様子を見ていましたが、こう話しかけました。

「袖が涙で濡れておりますぞ。どうなさったのかな」

「住み慣れたところを出たのですが、天狗に攫われてしまいました。父君母君の悲しみ、師匠の御嘆きなどを想えば、涙の乾くひまはありません」

「おお、それならこのわしに任せなされ。都へ送って進ぜよう」

翁は微笑しながら若公の涙で濡れた袖を絞りました。滴り落ちた涙の露を左の掌でしばらく転がしていたと思うと、それは毬ほどの大きさになりました。今度はそれを二つに分け、両方の掌で揺らしているうちに次第に大きく膨らんだかと思うと、石の牢は水で満たされたのです。翁の姿は竜神に変わり、電光がきらめき雷鳴が辺りに響き渡りました。これにはさすがの天狗どもも恐れおののき、四方八方に逃げていきました。

竜神は若公と桂寿のみならず、牢に囚われていたすべての人を、都に送り届けてくれました。

〔七〕

竜神が皆を運んでくれたところは京の都、神泉苑の近くでした。それぞれ別れて自分の故郷に去っていき、若公と桂寿は父君の屋敷に向かいました。ところが壮麗だった邸宅はすっかり焼け失せています。

「なぜこのようなことに……」

長い間茫然と立ち尽くす若公でしたが、ようやく近くの僧坊でいきさつを聴きました。

「左大臣殿はお子様の若公の行方をご存じなかったのですが、三井寺の僧兵は、『我が子の行方を父親が知らないはずはない。断りもなく比叡山の衆徒に渡してしまったのはけしからん』と一方的に断じ、怒りに任せて屋敷を焼き払ってしまったのです」

二人は次に三井寺に行きました。かつて威容を誇っていた仏閣、僧坊は焼け失せ、礎石までが焼けただれているありさまです。ただ新羅大明神の社殿だけが残っているばかりでした。このようなことになったのはみな自分のせいであることを、若公は嘆き悲しみました。その夜は新羅大明神の社にとどまり、泣き明かしました。

翌朝になり、師匠である門主を尋ねて石山寺に行きましたが、そこでも門主の行方は知れませんでした。

「若公、今夜はこの石山寺で参詣の人を装い、本堂にお泊りください。私は比叡山の桂海律師をお尋ねします」

桂寿の勧めで若公は文を書き、桂寿に託しました。この惨事を引き起こした責任が自分にあることを深く悔やんでいた若公は、すでにこの世を捨てる決心をしていました。しかし桂寿は知りません。出て行く桂寿の後姿を、若公はいつまでも見送っていました。

山に上ってきた桂寿を見た桂海は、物も言わず涙を流しました。桂寿も涙を拭いながら若公からの文を差し出しました。震える指で開いた文には一首の歌が書かれているだけでした。

『我が身さて　沈みも果てば　深き瀬の　底まで照らせ　山の端の月』

（私の身体が深い水の底に沈んでしまったら、山から出る月よ、その光で私を浄土に導いてほしい）

文を一目見た桂海は慌てて立ち上がりました。

「大変だ。若公の身が危うい。いきさつは道々聞こう。急いで若公の所へ行かねばならぬ」

桂海は同宿の僧や召使に輿を用意させ、石山寺に急ぎました。

大津を過ぎたところでたくさんの旅人が集まり、口々に何か言っています。

「哀れなことじゃ。あの稚児はどんな悩みがあって身投げしたのじゃろうか。父母や師匠がどれほど嘆くことか」

輿から飛び降りた桂海が激しい口調で尋ねます。

「一体何があったか、教えてくれ」

「先ほどのことじゃ。瀬田の唐橋の上から稚児が身投げをした。年は十六、七ほどで、紅梅の小袖に水干を着ておった。西に向かって念仏すると、あっという間に飛び降りてしもうた。わしらは急いで川に入り、救い上げようとしたんじゃが、見つけることはできんかった」

そこに集まっていた人々はみな目に涙を浮かべています。年格好といい、身につけていた着物といい、若公に疑いありません。二人が急いで橋の袂に行くと、欄干には、若公が肌身離さず首に掛けていた金襴の守り袋と、青い瑠璃の数珠とが掛けてありました。

律師も桂寿も若公の後を追って入水しようとしましたが、同宿たちに抱き留められました。同宿や召使たちが裸になって川に入り捜索するのと同時に、桂海と桂寿は小舟に乗り、川を下っていきました。一里ほどの下流に供御《ぐご》の瀬と呼ばれる浅瀬があります。見れば流れ寄った紅葉が集まっている中に、ひときわ紅の鮮やかなものが浮いています。それは若公でした。長い髪が水の流れで乱れ、揺れていました。

若公を引き揚げ、桂海はその顔を膝に乗せ、桂寿は脚を懐に入れて温めました。

「ああ、何ということだろう。梵天、帝釈、天神、地祇、我らの命と引き換えに、若公を生き返らせてくだされ」

二人は泣きながら空を仰ぎましたが、声が虚しく響くだけでした。

橋の袂まで戻り、若公を草の上に横たえましたが、落花再び枝に戻らず、西に傾いた月が再び中天に戻ることがないように、雪のように白い胸に温もりは戻りませんでした。

その日一日は、もしや、と思って若公の身体を胸に抱き、温め続けましたが無駄でした。翌日、泣く泣く荼毘に付しました。同宿や召使が山に戻って行ったあとでも、二人は立ち昇る煙を前にして、三日間泣き続けました。

桂海は命を断つことも考えました。しかし若公が最期に残した歌に、『底まで照らせ山の端の月』とあることを受け止めるべきだと思い直しました。亡きあとを懇ろに弔ってほしい、との遺志を叶えるために、もう比叡山には戻らず、遺骨を首に掛け墨染の衣一枚を身につけて、食べ物の施しを受けながら修行の旅を続けました。

その後、京の都の西、岩蔵《いわくら》というところに柴の庵を結びました。

一方、桂寿は高野山に上り出家して、生涯山を下りることはありませんでした。

〔八〕

ところで、三井寺には僧侶三十人ほどが戻ってきました。三摩耶戒壇を建てることを宿願としていた者たちでしたが、境内がすっかり焼野となってしまったのを見て、気力を失ってしまいました。散り散りになって寺を離れる前に、唯一焼け残った新羅大明神の社で、夜通しの勤行をすることにしました。

その夜も更けた頃です。東の空から何台もの馬車が駆け寄せて来ました。位の高い僧が多くのお付きの僧を随伴して乗った車、また、身なりの立派な貴人が武装した家来を従えて乗った車、侍女たち数十人に守られて玉の髪飾りを揺らしている夫人が乗った車などなど。

「これは一体どなたがおいでになったのですか」

僧の一人が恐る恐るお付きの一人に問いました。

「これこそ東坂本におわす日吉の山王の御一行です」

車から降りた一行は、新羅大明神の祀られた帳の中に入っていきます。すると大明神は威儀を正して迎え、一行を手厚くもてなしました。盃が交わされ、歌舞音曲の宴が繰り広げられました。大明神は終始にこやかに対応し、夜明けとともに退出する山王の一行を、社の外へ出て見送りました。

その様子を見ていた僧侶たちは、大明神の振る舞いが理解できません。帳の中に戻ろうとする大明神の前に跪《ひざまず》き、涙声で申し上げました。

「三摩耶戒壇建立の件は、過去に勅許をいただいておりました。ひとえに寺を盛り立てようとの思いによるもので、決して我らが勝手に道理を曲げて行おうとしたものではございません。しかるに、比叡山はこれを認めようとしないばかりか、当寺を焼き払うに至ったのでございます。御仏もお怒りになっていると思いますに、当寺に敵対する比叡山を擁護する山王に対し、宴を催して歓待なさるとは、いかなる神慮でございましょうや。納得ができかねます」

「そなたたち大衆の申すことは、一見道理に適っているようではあるが、それは物事の一端しか見ない狭い考えじゃ。御仏は、誤った道と見えても、衆生を菩提に導くための筋道となりうる、と説かれておる。仏閣僧坊が焼けたのは、造営するための喜捨を促すことに通じる。経文が焼けたのは、新たな書写がすなわち修業となる、ということじゃ。桂海が梅若の死によって一層仏道修行の発心を強くしたのも、御仏の計らいに他ならぬ。山王もそのことを喜ばれ、ここまでおいでになったのじゃ。梅若は、桂海を悟りに導くために、石山の観音が姿を変えられたものであった。まことにありがたい御仏の大慈大悲である」

新羅大明神はそう教えると、帳の中に姿を消しました。勤行していた僧たちはそのとき全員眠りから覚めたかのように感じました。三十人の僧たちの見ていた夢はみな同じだったのです。

新羅大明神の教えに得心した僧たちは、西山の岩蔵にある草庵を訪ねました。律師桂海は名を瞻西《せんさい》と改め、三間四方の茅葺の庵の中で静かに若公の菩提を弔っていました。壁には一首の歌が掛けられていました。

『昔見し　月の光を　しるべにて　今夜《こよい》や君が　西へ行くらん』

（今夜の清らかな月の光は、昔、君と一緒に見たものと同じだ。君はその光に導かれて西方浄土に向かっているのだろうね）

この歌は、のちに後鳥羽上皇が心を深く動かされ、新古今和歌集の釈教《しゃっきょう》の部に選び入れられました。

瞻西上人の徳が高いことは次第に世間に知れ渡り、多くの僧侶が西山の草庵を訪ねてくるようになりました。そうなると、もっと洛中に近いところに寺を持つべきだということになり、東山の雲居寺《うんごじ》が再建されました。

上人は衆生済度に生涯を捧げ、その説法を聴いた人は、みな仏道に帰依したということです。

（終わり）

秋の夜の長い物語はこれで終わります。

【再話者のメモ】

一　謡曲「敦盛」にも、この物語の冒頭部分とほぼ同じ詞章があります。『それ春の花の樹頭に上るは上救菩提の機を勧め、秋の月の水底に沈むは、下化衆生の相《かたち》を見す』

二　比叡山（山門）と三井寺（寺門）の争いは平安時代から始まり、中世を通じて度々繰りかえされました。「平家物語」や「太平記」にもその抗争が描かれています。

三　戒壇は、僧侶に戒を授ける儀式を行うために設けられた壇。日本では、鑑真が東大寺に最初の戒壇を築きました。後に下野薬師寺、筑紫観世音寺にもつくられ、次いで比叡山に大乗戒壇、三井寺に三摩耶戒壇が設置されました。

四　新羅大明神は三井寺の守護神で素戔嗚尊のことです。

五　瞻西上人は平安時代後期の僧で生年は不詳ですが大治二年（一一二七）に没しています。もと比叡山延暦寺の僧で、後に東山に雲居寺を再興しました。説法が上手だったと言われます。「新古今和歌集」に二首の和歌が載せられています。

六　「岩蔵」は平安京に遷都が行われたときに、王城鎮護のために経巻を埋納した場所。現在の地名で言うと、北岩蔵は左京区岩倉、東岩蔵は左京区南禅寺の東の山、西岩蔵は西京区大原野石作町岩倉と考えられます。

千手女《せんじゅにょ》

主人公は、清水観音に祈って授かった申し子です。継母によるいじめにより苦難に遭いますが、清水観音の引き合わせによって、理想的な夫と結ばれます。さらに観音は、一度死んでしまった主人公を生き返らせ、その後、幸福を与えます。この作品はいかにも御伽草子らしい要素に満ちていると言えるでしょう。

更に、この作品ならではの特徴もあります。それは「接待宿」が舞台になっていることです。接待というのは、元来、仏教の思想に基づいて、他人に無償のもてなしをすることで、現在も四国八十八か所巡礼などで行われています。室町時代に生まれた物語の舞台に「接待宿」が登場するのは、興味深いことです。

底本として、「室町時代物語大成　第八」三三九頁から三五四頁所収の「千じゅ女」（室町時代末期頃の写本）を用いました。

【一】

昔のお話です。

加賀の国、今津というところに、今津の新左衛門家次というお金持ちがいました。七珍万宝は家に満ち、金銀が蔵に積まれていましたが、子がいないことだけを残念に思っていました。

あるとき北の方に言いました。

「つらつら考えるに、この世は仮の宿り。来世こそ終のすみかじゃ。老少不定、明日をも知れぬ身であれば、後世を弔ってくれる子がおらぬのは、なんとも悲しいことじゃのう」

「誰でもそう思うものではございますが、人間の思いどおりにはならないことでございます。これはもう、神仏にお祈りするしかございません」

「そなたの言うとおりじゃ」

ということで、万寿三年（一〇二六）、夫婦そろって京の都、清水の観音様への月参りを始めました。加賀の国から京への道は難所が多く、旅路の苦労は言葉にできないほどでしたが、二人の思いは強く、一度も欠かすことなく三年の間毎月通い続けました。

三年目の夜のことでした。心を込めて祈っていると、観音様をお祀りしてある帳の中から童子が姿を現しました。

「汝は前世では七色の蛇であった。このお堂をねぐらとして鳩や雀の子を餌食にしていたのだ。子を奪われた鳥類の怨みが積り、そなたには子が授からぬ。されどもお堂の床下で朝な夕なに説法を聴聞していた功徳により、人間に生まれ変わり、富裕な暮らしができている。本来なら子を持つことはできないのだが、はるか加賀の国から苦しい旅をして毎月足を運ぶその志を無下に見捨てることもできぬ。子を一人授けることにしよう」

家次は童子から白銀の鉢に水晶の珠を入れたものをいただき、それを北の方に手渡したところで夢が覚めました。夫婦は仏前で夜通し祈っているうちに、同じ夢を見たのでした。

願いが叶うことを確信して帰国すると、期待したとおり北の方の懐妊がわかり、月が満ちると愛らしい女の子が誕生しました。清水の千手観音様からいただいた子なので、千手と名づけられ、大切に育てられました。成長するにしたがって知恵、才覚が人に優れ、容姿もまるで天人かと思われるほどになっていきました。

ところが千手が十二歳になったとき、母の北の方は病に臥してしまいました。薬石効なく、いよいよ最期を迎えると、家次にこう言い残しました。

「せめて姫が十五歳になるまでは後添いを迎えないでください。姫のことがかわいそうでならず、黄泉路を迷いそうでございます」

「安心せよ」

「それならば、草葉の陰にいても心安らかでいられましょう」

北の方が亡くなり、亡骸は野辺の煙とするよりほかはありませんでした。

すると千手はその火の中に飛び込もうとしました。お付きの女房たちが抱き留めましたが
「私も連れて行ってください」

千手は声を上げて泣くのでした。

家次は四十九日の法要を滞りなく勤めましたが、しばらくすると、亡き北の方への言葉を違え、新しい妻を迎えました。その当時の習いで、一家にしかるべき北の方が備わっていないと何かと都合が悪いと、親族から強く勧められたからです。

千手は法華経一部、観音経三十三巻を毎日読誦し、亡き母の菩提を弔い、父の健勝を祈りました。しかし継母はそれが気に入りません。何かにつけて辛く当たられた千手は、十七歳になると、家を出るしかないと強く思うようになりました。

思いが募ったある日、とうとう家を後にしました。

千手は、生前の母が語ってくれたことを片時も忘れたことがありません。

(母上は私を、清水の観音様に願って授かったとおっしゃっていた。これから清水に行って観音様におすがりしよう)

千手は京を目指して歩き始めました。

〔二〕

京の都に、伏見の中将という若者がいました。幼いときに父親に死別し、母と共に暮らしていました。ふさわしい妻を迎えたいと清水に参籠し熱心に祈願すると、ある明け方、老僧の口から観音様のご示現が伝えられました。

「汝の志、切なるによりご利生があるであろう。これから急いで帰宅せよ。そのとき階《きざはし》に乙女がいるから、それを汝の妻とせよ」

喜んだ中将が仏殿を出ると、階段に美しい乙女が腰かけています。裾は露に、袖は涙に濡れ、物思いに沈んでいました。それは、都にたどり着いた千手でした。

「どちらからいらっしゃったのですか。少しお尋ねしたいことがあるのですが」

中将が話しかけても、千手は顔を背けるばかりです。

「私は都の者です。このほど参籠しご示現をいただいたので、お近づきになりたいのです。お名前をお聞かせください」

「名乗るほどの者ではございません」

遠慮がちに言う千手でしたが、中将は千手を近くの宿に導きました。日頃から中将がなじみにしている宿でしたから、主人は旅にやつれた千手をいたわりました。

しばらく逗留してすっかり健康を取り戻した千手は、まるで天女のようでした。やがて、中将は伏見の屋敷に妻として迎え、睦まじく暮らすうちに、愛寿、愛若という二人の男の子を授かりました。

しかし中将の母上は千手が気に入りません。

「公家、大名に縁のある女なら、二人の若たちの将来が頼もしいものとなろうに、どこの誰とも分らぬ者が母親では困ったものじゃ。さっさと国に送り返すがよい」

中将が母親からこう言われるのも、一度や二度ではありません。

(母上の仰せに背くのは不孝であるが、最愛の妻と別れたら一日たりとも生きてはいられない。どうすればいいのだろう。そうだ、清水で賜わった人なのだから、清水にお参りしてお伺いをたてよう)

中将は七日の予定で、清水に参籠しました。

母上はその留守を利用しました。

「これまで言わないでいたが、中将殿は御身を去らせたいと望んでおられる。清水に参籠するというのは偽りじゃ。留守の間に、そなたに出て行くよう申し渡せ、とおっしゃった。我らは中将殿を高い山、深い海のように頼っておる身じゃ。どうして言いつけに背くことなどできようか。二人の若のことは心配せずともよい。我らが大切に育てるでな。気の毒じゃが、早く出ていきなされ」

強い言葉で責め立てられれば、弱い立場の嫁は従わざるを得ません。

千手は若君二人を膝に乗せ、しばらくの間何も言うことができませんでしたが、やっとこう言いました。

「これが最後のお別れです。母の顔をよく見ておきなさい。もう会うことはないでしょう。これからどんな方がお前たちの新しい母となるのでしょうか。わが身も母に先立たれたことから家を出ることになったのです。お前たちが同じように辛い目に遭うのではないかと、悲しくてなりません。愛寿は五歳、もう物心がついていますね。山寺に上り学問をして、母の後生を弔い、お前自身の来世を確かなものとしなさい」

「母御はどこへ行かれるのですか。一緒に連れていって」

兄の愛寿が泣けば、事情が呑み込めない三歳の弟愛若も、ともに声を上げて泣くのでした。二人をかわるがわる抱きしめながら背中をさすっているうち、やがて二人は泣き疲れて寝入りました。それを見届けると、千手は清水の方角に手を合わせ、一心に祈念しました。

「南無、大慈大悲の観世音。二人の幼い者どもを安穏に育てて給われ。またもう一度会うことができますように」

祈り終わると、後ろ髪を引かれる思いを必死でこらえ、夜の闇に紛れて伏見を後にしました。

行く当てはなく、ただ故郷の父に一目会いたい一心で、加賀を目指しました。

〔三〕

街道は往来が激しく、どのような災いに遭遇するかも知れません。琵琶湖の西岸の道を選び、大津、海津、小夜の中山とたどり、越前の敦賀に着いたときには、疲れ果てていました。どこかに宿を取りたいのですが、千手の様子を見た宿の主人たちに断られました。いわくありげな美しい上﨟を泊めると、面倒なことに巻き込まれかねません。

次第に日も暮れてきました。途方に暮れる千手の前に地元の女人が通りかかりました。

「お困りのご様子ですね。あちらに見えるのは『物語接待』という名の宿で、旅人を無料で泊めてくれます。行ってごらんなさい」

「それはよいことを教えてくださいました、ありがとうございます」

「接待」というのは、仏教の教えに基づいて報酬を求めず人をもてなす行いで、その宿も、来る者はだれでも拒まないのでした。

応対に出た宿の女は、千手を人目につかない奥まった部屋に案内してくれました。疲れ果て、口を利くことさえ辛そうな千手の様子に深く同情してくれたのです。

一方、清水に参籠している中将のもとには、伏見の屋敷から召使がやって来ました。

「北の方が幼い若君たちを置いて、どこかへ行ってしまわれました」

「一体何があったのか詳しく申せ」

召使がありのままを伝えると、中将はため息をつきながら言いました。

「いつかこのようなことになりはしないかと案じていた。さぞ我を恨めしく思っていることであろう。千手がいなければ生きてはいけぬ。これからすぐに探しに行くぞ。そなたは屋敷に戻って、愛寿、愛若をしっかり見ていてくれ」

（東へ向かったらしいと言っていたな。家を出てから二日経っているが、女の足だ、それほど遠くへは行っていないだろう。急げば追いつくに違いない）

中将は道を急ぎ、一日で越前の敦賀に着きました。夜になり宿を探しましたが、泊まる宿は見つかりません。探すうちに「接待宿」とある札を見つけ、一夜の宿を願いました。

その夜遅く、宿の亭主は中将に話しかけました。

「『物語接待』と書いた札をご覧になって泊まられたのでしょう。どうぞお話をお願いします」

「いえ、日が暮れたのに泊まる所が見つからなかったので、お世話になっております。お話しすることなどはございません」

「まあそうおっしゃいますな。何がしかの物語をしていただくのが、我らの願いでございます」

「泊めていただくからには、仰せに従うべきですね。面白い話などはできませんが、恥ずかしながら、私が旅に出たいきさつを懺悔いたしましょう」

中将は清水での妻とのなれそめから始め、妻を追ってここまでやってきたいきさつを語りました。すると今度は、亭主がこの『物語接待』を始めたいわれを語り始めました。

「私は加賀の国、今津の新左衛門家次と申します。裕福に暮らしておりましたが、子宝を授かりたいと、三年の間清水に月参りを欠かさず、おかげで一人の娘が生まれました。娘が十二歳になったときに母親が亡くなり、迎えた継母と折り合いが悪く、娘は十七歳のときに家を出てしまいました。それからすぐに行方を尋ねて東国、北国を探し回りましたが見つかりませんでした。こうして『物語接待』を始めたのも、旅の人びとが語ってくれる話から娘の消息がつかめるのではないかと、考えたからなのです」

「大切な人を失い、再び会いたいと願う気持ちは、私と同じ。身につまされます」

中将が言ったところに、宿の召使が駆けこんできました。

「大変でございます。奥の間に泊まっておられる女人が、今、息を引き取られました」

「それはお気の毒に。どこから来たと言っておられたか」

「それはなにもおっしゃいませんでしたが、紙と硯を願われたのでお貸しすると、文を書かれましたので、ここに持ってまいりました」

亭主が開くと、このように書かれていました。

『人の心は変わりやすいと申しますが、まさかあなたが私をお捨てになるとは思ってもおりませんでした。私のことはともかく、二人の幼い子どもたちは憐れみ、慈しんでお育てください。そうして、愛寿殿を法師にして私の後世を弔わせてください。越前の国、敦賀の宿で亡くなった後、もしこの文がお手元に届きましたら、どうか私のことを哀れと思い、念仏してください。

伏見の中将殿まいる　　愛寿、愛若の母』

文を見た中将は、しばらく何も言うことができませんでしたが、泣きながら言いました。

「私がこの伏見の中将です。亡くなった女人こそ私が探し求めている妻です。どこにいますか。案内してください」

奥の間には亡くなった千手が衣に覆われていました。

「ここにいると知っていたら、息のあるうちに一目会いたかった。神よ、仏よ、哀れと思われるなら今一度、元の姿を見せ給え」

中将は亡骸に取り付き、声を上げて泣きました。妻に掛けられた衣を整えていると、袖の中に一通の書状があることに気づきました。

『恨みを抱いて離れた故郷ではありますが、父上が恋しくて戻りたくなりました。慣れぬ旅を続けるうち、とうとうこの越前敦賀で命が尽きようとしています。もしも私を恋しいと思われるのでしたら、都の伏見の中将をお訪ねください。愛寿、愛若という二人の忘れ形見を私と思ってお育てください。もうこれ以上書き続けることはできません。

　加賀の国、今津の新左衛門殿まいる　　　千手女』

それは千手が父に宛てた遺書でした。

「何ということだろう。ここに来ていたことを知っていたなら、何が何でも命を助けたのに。遅かった」

家次も床をこぶしで叩きながら泣き崩れました。

　家次と中将は、周りから亡骸を野辺送りするよう急き立てられますが、決心できません。どうにかして息を吹き返してほしいと、亡骸の前で一睡もせずに読経し続けました。

それから七日目のことです。千手の身体が少しずつ温かくなり、かすかに瞼が開きました。千手は生き返ったのです。

　しばらくして千手は語りました。

「暗闇の中を歩いていくと、鬼たちが居並ぶ先に閻魔王がおられました。今にも鬼に責められるか、と思ったときに一人の童子が現れ、私の手を引き閻魔王の前に進まれました。

『この千手女は、法華経一部、観音経三十三巻を毎日欠かさず読んでおりました。その功力により命を伸ばしていただきたい。また、娑婆にはあまりに嘆く者がおりますから、その者たちの志もお汲みとり下さい。我は清水の使いです』

そう言うと、童子は私を地上へと突き上げてくださったのです」

中将は、家次と千手を伴って伏見に戻りました。

それまで千手に辛く当たっていた中将の母は、意外にも千手の帰宅を受け入れました。中将が清水から屋敷には戻らず、すぐに千手を探しに出かけたことで、心細くなったこともありますが、千手に裕福な父親がいると分かったのが大きな理由でした。

それから千手は愛寿、愛若を大切に養育しながら幸せに暮らしました。


（終わり）

【再話者のメモ】


謡曲に「攝待《せったい》」という曲目があります。

佐藤継信の実家を訪れた源義経一行を、継信の老母がもてなします。その心づくしの接待に応えて弁慶は、屋島の合戦で平教盛の強弓から義経を庇い討ち死にした継信の最期の有り様を詳しく語って聞かせます。

接待の場では、物語が主要な役割を担っていた様子がうかがえます。

判官都話
ほうがんみやこばなし

「判官びいき」という言葉があります。

兄の源頼朝から疎まれた悲劇の主人公として、後世の人の同情を集める源義経ですが、この物語で描かれる義経の言動には、不実の誹《そし》りを受ける点があります。

底本として、「室町時代物語大成　第十二」二五二頁から二九七頁所収の「判官みやこはなし」（寛文十年の刊本）を用いました。

［二］

治承元年（一一七七）の晩秋のことです。

奥州から都に上った源義経は、唐土から持ち帰った兵法書を秘蔵している鬼一法眼《おにいちほうげん》を訪ね、兵法を学ぼうとしました。

一条今出川にある鬼一法眼の屋敷を訪れ、目通りを願いました。

取次の男は、ひとまず義経を広縁に待たせると、鬼一に申し上げました。

「奥州からやって来た小冠者とな。一体どんな奴じゃ」

「大した男には見えませんが、かと言ってさほど劣っているとも思えず、まあ、よき若侍でございます」

「どんないでたちをしておるのか」

「質素な小袖に白い大口袴、藍染の直垂を着ておりますが、それは見事な黄金造りの太刀を携えております」

「それでは、わしの願いが叶うということじゃな」

この鬼一法眼は陰陽師として、公卿、殿上人をはじめ奈良法師まで、およそ六千人もの弟子を持っていました。鞍馬多聞天に黄金造りの太刀七振りを奉納するという宿願を持っているものですから、これで探し求めていたあと一振りの太刀が手に入れられそうだと喜んだのです。

鬼一法眼は義経をしばらく待たせたうえで目通りを許し、障子を開けさせましたが、広縁に座っている義経を一目見た途端、急いで障子を閉めさせ、案内の者に言いました。

「あの者の眼力は尋常ではない。平家の一族の中でも特に優れておる重盛卿に勝るとも劣らぬ瑞相を有しておる。背丈は小さいが十万騎を束ねる大将にふさわしい。ただ、その度量は大き過ぎて我朝には符合せず、恐らく三十歳をいくらも過ぎぬうちに、滅びるであろう。そんな男の持つ太刀を奪わずともよい。すぐに帰るよう申せ」

鬼一法眼は一瞬で義経の器量を見抜き、恐れたのでした。

屋敷を出るようにと言われた義経ですが、兵法書を見るまでそこに居座る覚悟で、一歩も動きません。鬼一法眼は仕方なく、義経を無視することで諦めさせようとしました。

八日が過ぎても義経がまだ広縁に居座っていると知った鬼一は、斬って捨てようと様子を覗き見ました。十一月半ば、峰から冷たい風が吹き付ける中、義経は薄畳の上に薄衣一枚を身につけ、大の字になって寝ています。よく見れば右の眼は天井を睨み、左の眼は閉じられています。黄金造りの太刀を身に添えて、何かあれば抜き打ちにしようとの用心を怠らない姿です。

（これはいかに。愛宕山か比良の峰の天狗がわしを試すために来たかのようじゃ。うっかり近づいては大変じゃ）

部屋に戻りながら鬼一は思い出しました。

（そういえば、先の平治の合戦で亡くなった左馬頭殿の、常盤腹の御子に牛若殿という方がおる。鞍馬の山に上り学問を学び、天狗に武術を習われたと聞く。十五で金売商人とともに奥州へ下られ、藤原秀衡のもとで、九郎義経と名乗られたそうじゃ。その方であれば、弟子にして差し上げたい。しかし六波羅がそのことを聞きつけ、首を刎ねて差し出せと命じたらどうすればよいだろうか）

今は平家に従っている鬼一ですが、ひそかに源氏にも心を寄せているので、決断できないまま さらに七日が過ぎました。

「おい、広縁にいた小冠者はどうなったか」

「法眼殿が無視しておけとおっしゃったので、そのままにしております」

「野にある獣、海の魚まで物を食べねば生きてはおれぬ。この十四、五日もの間何も食べてはおらぬのか。いかにわしが命じたとはいえ、それはあまりにつれない仕打ちじゃ。だれぞ気の利いた女房はおらなかったのか。食事を与えよ」

命じられた召使は飯を素焼きの碗に入れ、杉の丸盆に乗せて義経の前に置きました。義経はそれをしばらく睨んでいましたが、そっけなく言いました。

「そんなものは馬のえさにするがよい」

召使からそれを聞いた鬼一は、召使を叱りました。

「お前はよくも主人のわしに恥をかかせたな。冷泉よ、丁重なもてなしをせよ」

そこで女房の冷泉は、塗り物の膳に酒や肴を取り揃えて並べ、四、五人の女房たちに運ばせました。

「東《あずま》からはるばるお越しになったまれ人に主人からのもてなしでございます」

「それはかたじけない。が、同じ事なら広縁ではなく座敷でいただきたいものです」

実は、義経は多聞天から何も食べなくても飢えないという薬をいただいており、飢えてはいなかったのです。

鬼一は屏風の陰から義経の様子を覗き見て、ますますただ者ではないことを確信しました。そこで、自らの威厳を見せることで相手を恐れさせ、追い返そうと考えました。

素絹の衣に袈裟をかけ、身なりを整えた鬼一は長刀を杖に突き、二十余名の若侍を従えて広縁に現れました。

「まことに殿は奥州の人か」

「そのとおりです」

「奥州はどこの人か」

「平泉、栗原山の者でございます。兵法の教えを受けたく、こちらに参上した次第です」

「わしが持つ兵法の巻物には威力がある。そもそもこの巻物とは、漢の高祖に仕えた張良が、天界に上って得た兵法の書じゃ。わしははるばる唐土まで渡って張良の子孫からいただいた。それを簡単に教えるわけにはいかん」

　そう言って鬼一はその場を後にしましたが、それくらいで諦める義経ではありませんでした。

〔三〕

　鬼一には三人の娘がいました。長女は醍醐蔵人の北の方、次女は五条に住む東海坊の北の方として嫁していましたが、鬼一は三女の姫を格別に慈しみ、手元において大切に育てていました。

　この姫は大変な美人である上に、琵琶、琴の道を究め、和歌も見事に詠み、古今、万葉、伊勢物語、源氏、狭衣、硯破などの書物も読みこなしていました。噂は広まり、公卿、殿上人から届く文は春雨の如くです。しかし鬼一は、姫を帝の妃にそなえたいと願い、しっかりした女房を二十四人もつけて身の回りを固めさせていました。

　姫は琴を愛し、明け暮れ弾くのを楽しんでいました。

　ある夜、その音色が義経の留まる広縁にまで届きました。

（これは、美人だと噂に聞く姫の爪音に違いない。幼少より管絃の音は聞き慣れているが、こ

れほど見事な琴の音を聴いたことはない。よし、近くまで行ってみよう）

広縁から抜け出した義経が、幾重もの垣根を飛び越え、音に導かれて行ったところに花園の山がありました。耳を澄まして聞き入っているうちに、忍んでいる立場であることをすっかり忘れてしまいました。

愛用の「村雨丸」という笛を取り出すと、琴に合わせてそっと吹き始めました。

姫に仕える女房の一人、月冴《つきさえ》が笛の主を確かめようと出てきました。見れば、十七、八の若者が藍摺りの直垂に左折の烏帽子を身につけ、黄金造りの太刀を佩いて立っています。その姿は、月に住むと聞く桂男を想わせる美しさです。

（先ごろから留まっている奥州の小冠者に違いない。追い返さなくては）と思った月冴は厳しい口調で言いました。

「ここは姫君のお住まいです。男が夜更けて近づくことなど許されません。早くお帰りなさい」

「私は奥州の者です。都は優雅なところと聞き、上って参りました。この琴の音を聴き、荒々しい夷《えびす》の国に戻ってこの様子を語れば、皆の心も穏やかになろうかと忍んで聴聞いたしました。お許しください」

月冴はそれには答えず、座敷に戻って姫に申し上げました。

「姫様、琴をおやめなさいませ。このほど奥州から上ってきた小冠者が花園山に忍び、琴に合わせて笛を吹いておりました」

「まあ、恥ずかしい。人に聴かれていたなんて。それにしても、夷の住む地からやって来た者が笛を吹くなんて珍しいわね」

「そうでございますよ、姫様。どんな吹き方をするのか聴いてみたいものですわ、ねえ、みなさま」

女房たちは興味津々で口々に言います。その夜ちょうど鬼一は留守でした。

そこで月冴が再び外に出て、義経に伝えました。

「私どもは琴、琵琶を学んでおります。笛を合わせていただければ今宵の一興となります。法眼殿はお留守でございますから、ご遠慮はいりません」

「それは思いもよらぬこと。ただ琴の音に惹かれて参ったまでのこと。御殿に上がって合わせて吹くなど、恐れ多いことです」

月冴は、立ち去ろうとする義経の袖を取って引き留めました。

「では、その笛だけでも皆にお見せください」

義経が座敷に上がり、錦の袋に納めていた笛を差し出すと、姫や女房たちはそれを見て一様に感心しました。

そもそもこの笛は「村雨丸」という名笛です。昔、唐の長安からもたらされたもので、吹けば晴れていた空もかき曇り、村雨が降ることからそう名づけられました。

義経の母常盤が清盛の庇護を受けていたころ、義経を鞍馬寺に上らせることになり、清盛から贈られたのでした。鞍馬寺で七歳から十三歳まで、都一の笛の妙手に指導を受け、いつしか義経自身が都で一番の笛の上手になっていました。

「こんなに見事な笛を持っておられるのですからぜひお吹きください。私どもも及ばずながら琴、琵琶を合わせて弾きましょう」

「仰せに従って音合わせは致しますが、合奏などをすると音が響き、外に聞こえて困ったことになってしまいましょう」

「それは大丈夫でございます。普段、管絃のときには逢坂から笛の吹き手を召しております。咎められたら、そう申せばよろしいのです」

姫をはじめ女房たちはそれぞれ琴や琵琶を弾き、屏風を隔てて義経が笛を吹き、一同が奏でる楽の音は天界にまで達しました。管絃の遊びは夜更けまで続き、その楽しい時間がいつまでも終わらないことをみな願うのでした。

義経が退出しようとすると、姫は褒美として小袖を与えようとしました。この寒空に母屋の広縁で過ごす義経を思いやってのことでした。しかし義経はきっぱりと断り、戻って行きました。

〔三〕

それから数日たったころです。姫の乳母の更科が広縁に義経を訪ねてきました。

「このところ峰から吹く風もことのほか冷とうございますね。東国から学問のためにおいでと聞きましたが、故郷が恋しくはございませんか」

「兵法を学びたいとの強い志を持っておりますので、この広縁に留まっていることを少しも苦痛と感じてはおりません。ただ、人知れず想うことがあります。お聞き届けくださいますか、更科殿」

「どのようなことでございましょう」

「先日、姫君の御殿に伺った折、そのお声を聞くことができました。それ以来姫君のことが心を離れず、想いの種となってしまいました。文を届けてはいただけませんか」

「姫君の許にはやんごとなき公卿、殿上人から届けられる文が後を絶ちません。東の御方からの文など思いもよらぬことでございます」

「更科殿は数多の草子や恋の歌など読み尽くしておられる。草子にも歌にも皆、男女の契りが説かれています。身分の低い女が高貴な男と結ばれ、一夜限りと思っていたものが千代を重ねることもあり、身分の低い男が后の宮に心を掛けることもある、と書かれております。出雲の神が縁結びをなさることに背かれるのですか」

「男女が結ばれることに、身分の高いも低いもないのは、おっしゃるとおりでございます。では一度だけ、文の御取次ぎをいたしましょう」

更科はこっそり姫に文を渡しました。その筆遣いの見事さに姫は感心しました。更科は姫の耳に口を近づけてささやきます。

「これは先の宵に笛を吹かれた東の殿からでございます。お返事をなさいませ」

「まあ、なんて恐ろしいこと。父上は傲慢な方で、公卿、殿上人でさえお認めにはならないのに、東の殿と文のやり取りをするなんて、更科にも東の殿にもひどい仕打ちがあるに決まっているわ」

姫は席を立ちましたが、更科は姫の本心を見抜いていました。

夜になるのを待ち、義経を広縁から姫の御殿に導きました。

「今夜は姫君の傍に控える女房は一人もいません。私も自分の局に下がっております」

義経は七重の屏風、八重の几帳、九重の幕を掻き分けて、姫の寝室に入り込みました。

姫は草子を読んでいましたが、人影が見えたので乳母かと思ったところ、そこにいるのが東の殿と察して、すぐに、すげなく追い返そうとしました。

義経は黄金の太刀を傍に置くと語り始めました。

「昔、在五中将業平は二条の后との仲が噂されたため、ともに東国に逃れました。また、京極の御息所《みやすどころ》は志賀寺の上人に情けをかけて、その手をとることだけは許されました。一樹の陰に宿るも三世の契りと聞きます。一河の流れを汲むことも多生の縁と申します。姫は一条今出川の方、我は奥州栗原山の者、これまで互いに知ることのない間柄ではございましたが、こうしてお会いできたのは、過去からのご縁があったからです」

義経が豊富な知識を駆使して口説くその声は、姫の耳に優しく響きました。固く閉ざされていた姫の心も次第に解けていきます。

「私が五つの年に母が亡くなりました。それからは毎日お経を読み念仏を欠かさず、仏の道を守る聖のようなものですから、殿方とのご縁など思いもよらぬことでございます」

「私は二歳で父を亡くしました。私も京の都や田舎を巡りながら、父の後生を弔う少々の聖でございます。聖と聖が寄り合って、ともに後世を願うのは道理に適っております」

言葉を交わすうちに、姫は次第に義経の話術に引き込まれていきました。義経は姫の心を得ようと、巧みに言葉を使います。世の中を知らない深窓の姫君は、すっかり男の虜になってしまいました。義経十八、姫は十六、二人はその夜結ばれました。

夜明けの遅い冬の日とはいえ、二人にとってはあっという間の朝でした。

それからの義経は、日中は広縁に住み、夜になると姫の御殿に忍んで通うのでした。そのことを鬼一はまだ知りません。たとえ知ったとしても、義経を弟子にすることさえ拒否した鬼一です、義経が姫の婿として認められるなど、思いもよらないことでした。

〔四〕

かくてその年は暮れ、治承二年になりました。

めでたい正月ということからでしょう、鬼一はこう命じました。

「東の小冠者もさぞ故郷を恋しく思っていることじゃろう。人を祝い、もてなせば、わが身の祝いとなるそうじゃ。それそれ、女房たち、東の小冠者に馳走してやれ」

正月八日のことです。その宵は姫や女房たちが演奏を始めました。しかし琴や琵琶などの弦楽器だけでは物足りません。義経はひそやかな音ではありましたが、笛を合わせて吹きました。

母屋で寝ていた鬼一の耳にその音が達し、これまで聴いたどんな笛より見事だと感じられました。耳を澄まして聴いていると、それは姫の御殿から流れて来ています。

男が吹いていると察し、怒りに燃える鬼一は夜の明けるのを待ちかねて、乳母の更科を呼びつけました。

四尺八寸の太刀を膝に横たえ、こぶしを握って更科を睨みつける鬼一は、しばらく無言でしたが、強い口調で問いました。

「昨夜、姫の御殿から聞こえた笛は、誰が吹いたのか」

「逢坂山から召した者でございます」

「嘘を申すな。わしは子どものころから笛を聴いておるから音色の違いはわかる。ありのままに言え。言わなければお前の首をもらうぞ」

太刀を鞘から抜き、更科の首に当てて責め立てました。鬼一が情け知らずであることをよく知っている更科は、真実を言わなければ本当に斬られると思いました。

「母屋の広縁におられる東の殿が私どもの琴の音を聴かれ、花園山に忍んで笛を合わせられたものでございます」

「いや、花園山からではなかった。姫の部屋から聞こえたのじゃ」

更科は急いでその場を逃げ出しました。

鬼一は腹立ちのあまり床板をどんどんと踏み鳴らし、悔しそうに独り言を言うのでした。

「身分にかかわらず娘を持てば心が休まる暇がない。公卿、殿上人からの申し出は数々あれど、帝の妃にと願って惜しんでおったのだが、まさかこんなことになろうとは。自体あの小冠者を助けおいたのが間違いじゃった。こうなれば、一筋に斬り捨てずにはおかんぞ」

鬼一は大長刀の鞘を外して、姫の御殿に乗り込もうとしましたが、北の方とお付きの女房たちが袂にすがって引き留めました。鬼一も、このときは姫の本心を図りかね、ひとまず思いとどまりました。

正月十五日には例年、一条大納言、二条中納言をはじめ公卿、殿上人十四人が、鬼一の催す新年の宴に招かれます。

「今日はやんごとなき方々がお越しになる。そのとき広縁に東の小冠者がおれば、何者かと問われるにちがいない。口さがない者が、鬼一の忍びの婿であるなどと言えば、わしの面目が丸潰れじゃ。奴に、どこかへ隠れておれと伝えよ」

義経は、どこかへ行けと言われたので、これ幸いと姫の御殿に移っていきました。

鬼一はますます義経が許せませんが、姫が悲しむことを思うと、乗り込んで一思いに斬り捨てることもできないのです。もはや二人が結ばれていることに疑いはなく、こうなれば、鬼一の面目が保てるようにするほかありません。

そこで鬼一は熊野詣をすることにしました。その留守の間に二人が近づいたと言えば、わが身の恥を逃れることはできます。

そこで一門の弟子、郎等二百人を率いて熊野へ出かけて行きました。

[五]

鬼一がいなくなったので、義経は姫と心置きなく歌を詠み、詩を作り、管絃を楽しみます。

そのうち義経は姫に言いました。

「私は東から兵法を学ぶために参りました。しかしながら、未だ学ぶことができておりません。私を不憫に思われるなら、法眼殿が秘蔵しておられる兵法書を見せていただけませんか」

「それは叶わないことです。父上でさえ、兵法書の納められている社には精進潔斎して入られます。殿や私など不浄の者が入ることはできないのです」

「私を気の毒とは思わないのですか。人と契りを結ぶということは、互いに命を惜しまぬということではありませんか。見ることが叶わないと言われるのは、姫が命を惜しんでおられるということですね。残念ですが、これでお暇致します」

「決して命を惜しんでいるのではございません。では、殿も私も精進潔斎して社に参りましょう」

その夜、二人は人目を避け、兵法書の納められている社に忍び込みました。本来鬼一でさえ七日間精進潔斎して入る社です。たった一度だけ身を浄めた二人が入るなど、許されないことでした。

兵法の巻物は石の唐櫃に入れられ、蓋の上には八人持ちの石が載せられていました。取り除くことは難しいかと思われましたが、義経が鞍馬の寺で学んだ印を結ぶと、さしもの石がからりと退きました。

唐櫃の中には銅の箱があり、さらにその中に黄金の箱、またその中に香木の箱が納まっています。その中に四十二巻の兵法の巻物がありました。義経は七日かけて要点を紙に写し取りました。

この兵法のおかげにより、義経はその後の度重なる戦に、すべて勝利することができたのです。熊野から戻った鬼一は、姫の心配事を抱えた旅で大いにくたびれ、このような時こそ兵法書を拝んで元気になろうとしました。そこで、兵法書の社に入り香木の箱を開けました。すると、一の巻が二の入れ物に入っています。義経は注意深く納めたつもりでしたが、精進の期間が短かったために誤りを犯していたのです。

鬼一はすぐに女房たちを集め、留守中の出来事を聞きただしました。皆が押し黙っている中、継母の北の方が申し出ました。

「姫には恋する男があり、愛しさのあまり恐ろしさを顧みずに社へ手引きしたのでございます」

じっとそれを聴いていた鬼一は、持っていた太刀を投げ捨て、しばらくしてこう呟きました。

「これが実の母なら、自分が咎めを受けようとも姫をかばったものを」

しかし鬼一は、これ以上東の小冠者を許すことはできないと、次女の婿、東海坊に討たせようと呼びつけました。東海坊は胸を張って答えます。

「我は二十七の歳から三十までに千人の人を斬って親の孝養をするつもりでおります。願ってもないご依頼。そんな小冠者など太刀を汚すことなどなく、一こぶしで仕留めて御覧に入れまする。お任せください」

しかし鬼一はたしなめました。

「いや、侮ってはならぬ。莫耶剣《ばくやつるぎ》は小さくとも他と異なる名剣、というたとえがある。東の小冠者は小柄であっても、莫耶剣に劣らぬぞ。油断して斬り損ずるでないぞ」

「承りました。ではどこで斬ればよろしいでしょうか」

「夕刻、小冠者が石山寺へ行くよう仕向ける」

「石山へ行けと言われたら、小冠者は敵が待ち受けていると知り、逃げ出しはいたしませんか」

「奴はむしろ、相手が待つと聞けば一足も引かぬ剛の者じゃ」

鬼一は姫の御殿に使いを出し、義経を母屋に招きました。その日の義経は、牡丹色のぼかしの直垂を身につけ、黄金の太刀を佩き、紅の扇を手にしていました。その姿は昔の物語に登場する在原業平、光源氏、柏木、匂兵部卿宮を想わせる美しさでした。斬られたと聞けばどれほど姫が悲しむことでしょう。けれどもすでに東海坊に依頼したことです。変えるわけにはいきません。義経に酒を勧めて言いました。

「いかに東の殿。去年からこちらに留まっておられたが、こうして親しく対面することがなかった。これからは殿を大切にするので、わしの頼みも聞いてはくれぬか。実は、婿であり弟子でもある東海坊がわしに恨みを持っている。成敗していただきたい」

義経は今朝、東海坊が母屋を訪ねていたことを知っており、これは自分を陥れるための罠であることをすぐに見抜きました。

（ここで鬼一を斬って捨てることもできるが、兵法書を見せてもらったことを考えれば、師匠と言える。また姫の父であるから自分にとっての舅となる。斬れば諸天の恐れがあろう）

鬼一に応えた義経が姫の御殿に戻ると、姫が袂にすがって止めましたが、きっぱりと押しとどめ、石山寺へと出かけて行きました。

〔六〕

義経十九歳、従う者は一人もなく、二尺七寸の太刀だけを頼みにして石山寺に着きました。東海坊の姿はまだ見えません。そこで杉の木の枝に跳び乗ると、霧隠れの印を結んで敵が来るのを待ち受けました。鬼一の兵法書を読んだ者は、超人的な飛躍力を得ることができたのです。

しばらくすると、東海坊が手下を七、八人引き連れてやってきました。東海坊は七尺余りの大男、色が黒いことを自慢にしており、黒糸縅しの腹巻を身に着けています。義経が頭上に隠れていることには気づかず、その下を通っていきます。

（ここで奴の首を斬るのはたやすいが、参詣の前に斬るのは神仏に畏れ多い。下向を待とう）と、義経が待ち受けていると、参拝を終えた一行が戻ってきました。

「奥州の小冠者ここにあり」

一声上げながら木の枝から飛び降りた義経は、またたく間に東海坊とその手下を斬って捨て、東海坊の首を太刀の先に刺して、鬼一の館に帰って行きました。

一方、鬼一は小冠者が討たれることを疑わず、姫がどんなに悲しむかと案じながら、小冠者のための念仏を唱えていました。そこに、東海坊の首が投げ込まれたのですから、小冠者に「よくやった」と言いながらも急いで納戸に逃げ込み、堅く錠を下ろしてしまいました。

義経の姿を見た姫は喜びの涙をうかべましたが、義経はこう言いました。

「東海坊を討てと命じられたのでそういたしましたが、法眼殿のお心には沿わないようです。お名残り惜しくはありますが、これでお暇致します」

「それは一体何故でございますか。野の末、山の奥までもお連れください」

「わが身一つでも忍び難い境遇です。実は、私は先の平治の合戦で滅びた左馬頭の常盤腹の末子牛若、今は源九郎義経と申す者です。お連れしたいのはやまやまですが、平家から追われる身ゆえ、それは難しいのです。命があればまたお会いしましょう。私が虚しくなったと聞かれたら、ひそかに弔ってください」

姫は袂にすがり、必死に引き留めようとしましたが、義経は軽く押し返し、姿を消してしまいました。

姫は深く嘆き悲しみ、絶望のあまり、とうとう十一日目に亡くなってしまいました。

駆け付けた鬼一は、姫の亡骸を抱き締めながら嘆きました。

「こんなことになると知っていたら、もっとほかにしようがあったものを。姫の幸せを想い、いずれ帝の妃にと願っていたのがあだとなったのじゃ」

致し方なく棺を蓮台野に送ると、棺に寄りかかり
「姫よ、もう一度声を聞かせてくれ」と大声で泣きながら薪に火をつけました。

鬼一は兵法書四十二巻を荼毘の炎に投げ入れました。もう兵法書を持ち続ける気力を失っていました。すると、不思議なことに虎の巻だけが火の中から飛び出し、天上界へと昇って行ったのです。

その日、義経は人目につかぬよう園城寺の塔の上から、姫が荼毘に付される様子をじっと眺めていました。煙が風に乗って塔の九輪まで流れてきました。

それからは、我朝に唐土由来の兵法書は絶えました。ただ義経が書写したものだけが残りました。鬼一はその後、持っていた宝物を貧しい者に分け与え、ただ姫の後生を弔って生涯を終えたということです。


（終わり）

【再話者のメモ】

一　「鬼一法眼《おにいちほうげん》」は平安時代にいたとされる、伝説上の陰陽師であり兵法者です。
義経が鬼一法眼から兵法を学ぼうとした逸話は「義経記」（巻第二　義経鬼一法眼が所へ御出での事）にもあります。義経記では鬼一《きいち》と呼び、後世の浄瑠璃（「鬼一法眼三略巻」）や歌舞伎（「菊畑」など）でもその名で呼ばれます。

二　「二条后《にじょうのきさき》」というのは、清和天皇の女御藤原高子《ふじわらのたかいこ》（八四二～九一〇）のことです。陽成天皇の母として、陽成天皇が退位後二条院に住まわれたことから、二条の后と称されます。入内する前に在原業平と関係があり、業平が高子を攫おうとしたとき、藤原基経らが奪い返したという言い伝えがあります。

三　「志賀寺」は大津市滋賀里町にあった崇福寺のこと。六六八年天智天皇の勅願により建立。十大寺の一つとして栄えましたが十世紀以降衰微。
「志賀寺の上人」は修行を積んだ高徳の老僧でしたが、京極の御息所と視線が合って以来、道心を惑わされたという逸話は、「太平記」（巻第三十七　身子聲聞、一角仙人、志賀寺上人事）など、多くの文学作品に載せられています。

「京極の御息所」は藤原時平の娘褒子で、宇多天皇の妃でした。

四　鬼一法眼が唐土から持ち帰ったとされる兵法書は「六韜三略《りくとうさんりゃく》」を指します。文韜、武韜、竜韜、虎韜、豹韜、犬韜の六韜と、上略、中略、下略の三巻は、周の太公望の遺著とも、漢の張良が黄石公から授けられたともいう、中国古代の兵法の書です。

五　「莫耶剣」は、中国春秋時代、呉の刀工干将が作った雌雄二振の名剣のうち、雌（陰）のほうをいいます。莫耶は干将の妻の名です。

秋道
あきみち

平安時代末期、鎌倉の近郷を舞台にした物語です。

主人公は、夫に従属しなければならない弱い立場の妻ですが、強い意志を持った一人の女性として描かれていることに、深い感銘を受けます。

底本として、「室町時代物語大成　第一」　三七〇頁から三八五頁所収　「あきみち」（近世初期の制作と推定される奈良絵本）を用いました。

〔一〕

源頼朝が鎌倉殿と呼ばれ、関東でその勢力を強めはじめていた頃のお話です。鎌倉の近郷に、山口秋広という裕福な豪族がいました。嫡子の秋道は寿永元年（一一八二）三月半ば、父の代理として訴訟のために、若党を多く従えて京に上りました。

秋道が不在の間に山口の館は群盗に押し入られました。賊は財宝をことごとく奪ったばかりか、秋広をはじめ家来のほとんどを殺してしまいました。秋道の母と妻は召使の小屋に身を潜め、九死に一生を得ましたが、惨劇の有り様は目に焼き付きました。

賊の首領は金山八郎左衛門といい、当時日本一の盗賊として悪名をとどろかしていました。自堀で囲った屋敷のうちに奪い取った財宝を蓄え、屈強の手下を五十人ほど従えていました。自身も豪勇を誇り、怖いものなどありません。傍若無人な振る舞いは、年々あくどさを強めていきました。鎌倉殿も成敗を何度か試みましたが、懲らしめることはできませんでした。

訴訟を終えて秋道が戻ったのは、悲惨な出来事の翌年でした。屋敷は荒れ果て雑草に覆いつくされ、母は尼になっていました。涙ながらに語る母の言葉を聞いた秋道は、何としても父の仇を討たずにはおかない、と心に誓うのでした。

秋道は十一歳から山に上り学問を究めるとともに、武芸の鍛錬も怠りませんでした。

仇討ちに力を貸してくれる人を探しましたが、みな金山を恐れ、誰も応じてはくれません。

秋道は部屋に閉じ籠り、仇を討つ手立てをひたすら考え続けました。

秋道には美しい北の方がありました。琴や琵琶の上手で、筆を執れば絵や書を見事に著し、歌を詠むことにも優れていました。美男の秋道とは似合いの夫婦で、秋道二十歳、北の方十六歳のときから連れ添い、今は二十一歳になっていました。

北の方は、閉じ籠ったきり部屋から出ない秋道を気遣い、何度も外から声をかけました。

「なぜそんなに嘆いてばかりおられるのですか」

しかし返事はありません。

七日目に、げっそりやつれて出てきた秋道は、暗い顔で言いました。

「この七日間、どうすれば父の仇を討つことができるかと考え続けていたが、やはりそなたの力を借りるほかない」

「今さら何をおっしゃいます。このお屋敷に参りましてから五年になりますのに、まだ私を信頼してはいただけないのでしょうか。どのようなことでもお受けいたします。この命さえ差し上げる覚悟でおります」

北の方の頼もしい言葉にも、秋道は堅い表情を変えませんでした。しばらくは無言でしたが、こう切り出しました。

「金山の許に行き、懇ろになってはくれぬか。仇討ちをするための謀じゃ」

「何と。お気は確かですか。これまで聞いたこともない謀でございます。そのようなことをすれば、二度とお目にかかることはできなくなります。思いもよらぬ仰せです」

北の方の強い口調にも、秋道は続けます。

「そなたの気持ちはよく分っている。しかし、このまま父の仇を討たずにいたら、世間が何と思うだろう。また来世では牛頭馬頭《ごずめず》に責められよう。二人の男に身を任せることは、確かに、忠臣が二君に仕えるのと同じだが、親の仇討ちのために夫から頼まれたのであれば、御仏もお許しくださるに違いない。さっき命も捧げてくれると言ったのは偽りか」

夫からこう言われると、北の方には返す言葉がありません。

「では、どのようにして金山に近づき、騙し討ちをしようとお考えなのですか」

「都からやってきた遊び女と言えば、必ず呼び寄せるに違いない。馴れ親しんで相手が油断したら、ひそかに文を送ってくれ。闇に紛れて忍び込み、討ち取ってやる」

「そのお考えは間違っております。男の心と川の瀬は一夜にして変わると申します。かの者が続けて二夜も呼ぶことはありますまい」

「いや、そなたを見た男なら誰でも手放したくなくなる」

北の方は唇を噛みしめ、じっとうつむいたままでした。

どれほどの時間が過ぎたことでしょう。やっと顔を上げたとき、その瞳には強い光が宿っていました。

「わかりました。あなた様のために、遊び女になりましょう」

本当はすぐにでも海の底に沈んでしまいたい気持ちでした。けれども

（私は夫とともにこれまで生きてきた。夫は考え抜いた末にこのような苦渋の決断をし、私に頼んでいる。ならばこの身を捨て、夫が本懐を遂げる手助けをしなくてはならない）と強く思ったのです。

頃は三月末。明日は出立という夜、北の方と秋道は歌を詠みあいました。

北の方「この春の　花の盛りと　思いしに　明日散りゆかん　ことぞ悲しき」

秋道「おろかなり　又も逢うべき　春ごとの　枝は折るとも　心変わらじ」

翌日、北の方は乳母一人だけを伴に出ていきました。

【二】

金山の館があるという郷に着いた北の方と乳母は、一軒の宿に入りました。二人が都からやって来た遊び女と聞いた宿の主人は、早速金山に知らせました。

宿を訪れた金山は、柳の枝が風に揺れるような黒髪、海棠の花のような笑顔、真珠をも欺く肌を持っている北の方を一目見ると、すっかりその魅力の虜になりました。

次の日から北の方は金山の館に呼び寄せられました。

金山はまことに用心深い男でした。どんなに酒を飲んでも油断することはありません。常に屈強な手下二十人ほどを警護に当たらせ、自身は胴丸を身に着けています。北の方の傍らで一刻眠ることがあっても、決して刀から手を放しません。これでは秋道に仇討ちの合図を送ることなど到底できませんでした。

月日の流れは速く、そろそろ一年になろうという頃、北の方と金山の間に男の子が生まれました。夫へ注進をすることができないまま、仇の子を産むことになってしまった北の方の哀しみはどれほどのものだったでしょう。

金山のほうは、子が生まれてもそれまでと変わらぬ用心深さで、打ち解けようとはしません。宵の口には酒を飲み、ひと時をともに過ごすのですが、眠る所は別にあり、それがどこにあるかは決して教えませんでした。

一方、北の方からの知らせが届くのを今か今かと待ちわびていた秋道は、風の便りで北の方が出産したと知り、悔しさで震えました。

また、北の方のほうも心がかきむしられるようでした。

（夫はどんなに私のことを恨めしく思っているだろう。今日にも明日にもと思い続けながら、金山の用心深さのために便りを送ることができないでいる。私が心変わりしたと思われているに違いない。このままではだめだ。何としても夫に本懐を遂げさせなくては）

そこで北の方は策略を考えました。病を装い、十日ほど食べ物を取らないでいるとすっかりやつれ果て、本当に命が危うくなりました。

金山も心配して言いました。

「一体どうしたのだ。どんなに高価な薬でも取り寄せよう。都から流れて来たということだが、父母が恋しくて病になったのなら、使いをやって呼び寄せよう。わしはそなたがいなくなったら生きてはおれぬ」

「嬉しいことを言ってくださるのですね。私は都のことなど少しも考えてはおりません。申し上げますが、あなた様ともう一年も連れ添っておりますのに、夜通し一緒に過ごされたことはただの一度もございません。お帰りになる所をお知らせにならないので、そちらにどんなすばらしい方が待っていらっしゃるのかと思うと、胸がふさがるようで、とうとうこのような病になってしまったのでございます」

「なるほど、そうであったか。しかし誓って言うが、そんなことは全くない。こうなればはっきり言おう。わしは大勢の敵から命を狙われている。身を守るために寝屋を隠し通しているのだ。しかし、若が生まれ、そなたが思い煩って病にもなったからには、もう隠すことはいるまい。そのうち必ず教えてやろう」

金山の言葉を聞いた北の方は、それから少しずつ食べ物を口にするようになり、快方に向かっていきました。

〔三〕

北の方が元気になったある日、金山は北の方の手を引き、屋敷の奥まったところに連れて行きました。

日頃手下たちと過ごすらしい大広間を抜けると、三方がしっかりした壁で囲われた一室がありました。薄縁が敷かれ夜具が置かれていたので、ここが寝所かと思っていると、奥の壁に隠し戸が設けてあります。くぐって外に出ると四、五間ばかり先に渓流があり、小舟がつながれていました。

金山は北の方とともに小舟に乗り、一町ほど川を遡りました。川岸に舟を着けて細い山道を登ると、岩穴の入り口が現れました。中には高麗縁の畳が敷かれ、高価な家具、調度が揃えられていました。

「夜はここに泊まることにしておる。以前、鎌倉殿から軍勢を差し向けられたとき、ここに潜んでいたので無事だった。誰も知らない隠れ家だが、そなたを大事に思うから教えるのだ。人に言ってはならんぞ」

「どうして人に申しましょう。これほどまでにご用心なさっているとも知らず、お恨みして申し訳ございません。これでもうすっかり心が安らかになりました。それにしても、このように大きな岩屋、作るのにずいぶんの人手が必要ではございませんでしたか」

「よくぞ尋ねた。この岩屋は三百人余りの者の手によって掘られた。しかし秘密を守るためにみな殺してしまったのだ」

北の方は背筋が凍る気がしました。そして、夫が仇討ちを遂げる難しさをも思い知りました。

数日後、金山は信濃の国に出向くと伝えました。ある金持ちの屋敷を襲うということでした。

「四、五日もすれば戻る。手下も連れて行くから、留守の間はゆっくり過ごすがよい。だが、あの岩屋のことを誰にも話すでないぞ」

金山は小声でしたが、厳しく命じるのを忘れませんでした。

北の方はすぐに秋道に文を書き、乳母に持たせました。

『一刻も早く女に変装してこちらにいらしてください。これまでお便りしなかったことについては、お会いしてからお詫びいたします』

一読した秋道の心は複雑に揺れました。

（便りがやっと届いたことは嬉しい。しかし金山との間に子までなしたとあれば、今さら入り込む余地があるだろうか。妻は心変わりしていないだろうか。けれどもこれは憎い仇を討つ機会には違いない。たとえあちらで命を失っても、親の仇討ちのために死んだのであれば、来世では、男の義理を果たしたのだと認められよう。やはり親の仇は何としてでも討たねばならぬ）

秋道は女装して、わずかな供の者に輿を担がせ、金山の屋敷に向かいました。

都での遊び女仲間という触れ込みで訪れた秋道は、召使の女たちから歓待されました。

翌日、この客人は都に戻って行きました。もちろん輿の中は空で、秋道は北の方によって奥の部屋に隠されていました。

二人きりになるのを待ちかねていた北の方は、秋道をあの岩屋へと導きました。岩屋の中が、人のすみかとは思えないほど厳しく細工されているのを目の当たりにした秋道は、北の方に対して抱いていた不信感をすっかりなくしていました。

岩屋の内に秋道を忍ばせると、北の方が励ましました。

「明日にはきっと金山が戻ります。どうぞ思いどおりに本懐をお遂げください」

〔四〕

金山が信濃から戻ったのは、その翌日の夜でした。奪い取った金銀財宝を並べ立て、北の方に自慢しながら手下たちと酒盛りを始めました。それからいつものように仮寝をしましたが、いつまで経っても岩屋に行く気配がありません。

「殿は長旅でお疲れでしょうに、どうして岩屋に行ってお休みにならないのですか。これほどの宝物を見れば、手下の中に心得違いの者が出かねません。ご用心なさいませ」

北の方に小声でささやかれると、なるほどと思ったのか、胴丸や籠手を身に着け、重い腰を上げました。

北の方は金山を気遣う様子を装い、金山の後に続いて外に通じる隠し戸をくぐりました。小舟に乗ろうとしたとき、金山がろうそくを高く掲げて足を止めました。

「どうかなさったのですか」

「わしがいない間に誰かが舟に乗ったようだ。結び目が違っている」

北の方は動揺を悟られないように、しおらしい口調で答えました。

「申し訳ございません。殿がお留守であまりに寂しいので、若を抱いて乗ったのでございます」

用心深い金山も、世の常の男と変わらず、妻の言葉を信じました。

舟から下り、山道を登ろうとしたところで、金山はろうそくを北の方に持たせ、先に行くよう命じました。ここで怪しまれてはなりません。言われるままにろうそくを受け取り、先に立ってしばらく行ったところで、わざとろうそくを落としました。金山は火打ち袋を取り出すと消えた火をつけ直し、やはり北の方に持たせるのでした。

(このまま私が先に歩けば、夫が不意打ちをする時の邪魔になる。なんとかして金山を先に行かせなくては)

北の方はわざと足を踏み外し、勢いよく転びました。

「おい、大丈夫か。おお、足から血が出ておる。この薬を塗ってやろう。わしがろうそくを持つことにしよう。手を引いてやる」

そうして岩屋の前に来ました。

「止まれ。人の気配がする」

「まあ、殿はどうして私を脅かすようなことをおっしゃるのですか」

「いや、脅かすのではない。まるで何者かが息をしているような湿り気があるのじゃ」

「それはいつもならお一人ですが、今日は私がおそばにいるからでございましょう」

金山はその言葉も受け入れました。しかしこの男の用心深さはそれだけではありません。奥の寝所の手前に窪んだ場所があり、等身大の人形が置かれていました。よろいを着せ、長刀を持たせたその人形をまず寝所に差し込み、安全を確かめてから自身が中に入るのを決まりにしていたのです。

このときも人形が差し込まれました。中で息をひそめていた秋道は、それを金山と思い、一気に斬りつけようと太刀を振り上げました。そのときです。虚空から多くの人の声が秋道の耳に響きました。

「待て、秋道。打つな」

それは、岩屋を掘った後に殺された人々の怨念が、秋道にだけ聞こえる声となって、虚空から届いたものに違いありません。

（これは天の声だ）

気づいた秋道は太刀を下ろし、まことの敵が入ってくるのをじっと待ちました。

人形に何事も起こらなかったことで安心した金山は、寝所に足を踏み入れました。その瞬間、待ち構えていた秋道の一太刀で、金山の首は一刀両断に斬り落とされました。

急いで金山の館に戻った二人は若を抱き、乳母とともに金山の屋敷から抜け出しました。


山口の屋敷に戻った秋道は北の方の前に座り、手をついて礼を述べました。

「これからは幾久しくともに暮らそう」

「いいえ、私はすでにお別れしたつもりでおります。これからは御仏に仕えて一生を念仏に捧げようと思っております。この子のために、その父親の後生を弔わなくてはなりません。また、女の身でありながら恐ろしい企みに加わり、一人の命を奪いました。できることならこの身を失いたいと思いますが、それもできません。つくづくあさましい身の上だと存じます。あなた様に嫁ぎながら添い遂げることはできず、心ならずも憎む仇に身を任せ、子までなしてしまいました。極悪非道の男とはいえ、この子の父親を殺してしまったのですから、なんともやるせない思いでいっぱいです。今はこれを菩提の種として、極楽往生を願うばかりでございます」

こう言うと、秋道が止めるのも聞かず、きっぱりと出家し、尼寺に上ってしまいました。

一方秋道は、我が子とした若のために財を成し、鎌倉殿に申し出て家督を継がせ、山口次郎左衛門と名乗らせました。

それから自身は母の尼君に暇乞いをし、高野山に上ってひたすら仏道の修行をしました。

昔から今に至るまで、世に例のない話として、語り継がれています。

（終わり）

【再話者のメモ】

この物語は、鎌倉幕府の成立時期を時代背景としています。

源頼朝は、平治の乱後、伊豆の国、蛭ヶ小島で二十年の流人生活を送り、治承四年（一一八〇）以仁王の令旨に応じ、平氏打倒の兵を挙げましたが、石橋山で敗れ、海路安房に逃走しました。しかし、千葉氏等の助勢を得て、房総、武蔵、相模を制し、鎌倉に入って根拠地としました。その年のうちに、平維盛を富士川に破り、さらに常陸、東海諸国を勢力下におきました。寿永二年（一一八三）十月、朝廷から東国支配権を承認されました。

建久三年（一一九二）頼朝は征夷大将軍に任ぜられました。

常盤《ときわ》の姥《うば》

室町時代の多くの人びとは仏教を心のよりどころとしていました。

この物語の主人公である常盤の姥も、年を重ねるに従って、次第に浮世の無常を感じるようになります。来世での幸せを得ようとしてにわかに念仏を唱え始めますが、俗世に執着し、念仏の合間に食べ物の名前を列挙する様子が笑いを誘います。

しかし物語の終わりで描かれる常盤の姥の姿に、今の私たちの願いを重ねることもできます。


底本として、「室町時代物語大成　第十」一二五頁から一三三頁所収の「常盤の姥」（桃山時代に制作されたと推定される奈良絵本）を用いました。

昔のお話です。

大和の国に、常盤の姥という老女がいました。

子宝に恵まれ幸せに暮らしてきましたが、夫に先立たれてからは、次第に思いに任せぬことが多くなっていきました。

（たとえ朝に元気でも、夕べに白骨となることも珍しくはない。ましてこのように老いた身にとって浮世は頼りなく、無常なものだ）

日ごとにその思いは強くなっていきました。

さらに年を取り九十歳を過ぎると、髪も眉も白く、顔にしわ、目には霞、耳は遠く、歯は抜け落ちて口乾き、腰は曲がって膝弱く、転びやすくなり、まことに侘しく思われるのでした。

（このまま長生きをして子や孫たちに面倒をかけるのは情けない。念仏の功徳で早く極楽に迎えてもらおう）と、にわかに思い立ちました。


手を洗い、うがいをして身を浄め、西に向かって念仏を唱え始めました。

「南無や西方の阿弥陀様。姥を極楽へ迎え給え」

念仏を続けていると喉が渇いてきました。

「ああ、お湯欲しや、阿弥陀様。水でもいいからくださりませ。それにつけても早く浄土へお迎えくだされ。お耳が聞こえませぬか、姥の声が届きませぬか阿弥陀様」

毎夜大きな声で念仏する姥の姿を見る子や孫たちは、それを信心深い立派な行いとは思わず、ただうるさいとしか感じませんでした。

「お前たちを次々に育て上げたというのに、明日をも知れぬこの姥を、哀れとも思わぬ愚かさよ。父を殺した悪王も、母の乳房のありがたさは知っておったものじゃ。誰もがみな通る道じゃ。お前たちのために言うておこう。ただひたすらに弥陀を頼めよ」

子や孫や孫の子どもや孫たちは、次第に心を動かされ、願いが叶えられるものなら叶えてあげようと、姥の言葉に耳を傾けるようになりました。

「南無阿弥陀仏。南無阿弥陀。柿が喰いたい南無阿弥陀。

焼いた餅に餡を絡めて喰いたいものじゃ、南無阿弥陀。

橘に梨、栗に山桃、山いちご、喰いたいものじゃ、南無阿弥陀仏。

歯は抜け落ちて無けれども、青のり、わかめが喰いたい、南無阿弥陀。

松茸、平茸、しめり茸、栗茸、ねず茸、ねずみ茸、ささ茸までも喰いたいものじゃ。

さてまた姥の喰いたいものは、鯉、鮒、若鮎、鯛、すずき、思いのままに喰いたいものじゃ。

南無阿弥陀仏。南無阿弥陀仏。昔飲んだ茶が忘られぬ。茶の子には、饅頭、ひやむぎ、油菓子、羊羹、葛餅、わらび餅、ああ懐かしや、懐かしや。

子はたくさんいるけれど、労わってくれる者などありゃあせん。何のために育てたのやら。今は恨みの種となる。子らが幼いときには、欲しがるものは探してでも与えたものじゃ。それなのに、今この姥が欲しいと言っても、そこにあるものでさえ、くれはせぬ。

九夏三伏の暑き日は、風を送って寝かしつけ、玄冬素雪の寒き夜は、冷たい風を当てぬようにしたものじゃ。その恩を忘れはて粗末に扱う侘しさよ。早く浄土へ行きたいものじゃ。

淵にも瀬にも身を投げて、死んでしまいたいとは思えども、さすがにそれはできかねる。

お釈迦様は八十一にて入滅されたが、この姥はもう九十を越えておる。子らに憎まれるのも当たり前というものじゃなあ。

そうは言うても、ああ、酒欲しや、鯉でも鮒でも煮て喰わん」

常盤の姥はこんな「念仏」を毎夜唱えるのでした。

それを聞く息子や娘は何となく心苦しく感じます。しかし血のつながらない嫁や婿たちは、ただうるさいとしか思いません。たくさんいる孫たちは、かわいそうだと感じる者もありますが、中には、物狂いになってしまったのかとあきれる者もいる始末です。

話し相手になってくれる者がいないので、寂しさを紛らわせようと外に出ると、よぼよぼとしか歩けません。悪童どもはそれを嘲り、笑うのでした。

憤慨しながら家に戻った姥は、たらいの水に映った自分の姿を見て愕然としました。

（これはどうじゃ。我ながらまるで鬼の日干しに異ならず。昔は黒く豊かだった髪は、今は白く成り果てた。これでも若い盛りには、嵐になびく女郎花、露にしおれるなでしこ、霞の中の川桜、垣根のうちの白菊と、讃えられたものじゃった。

内裏に召され、公卿、殿上人を恋し、恋され、比翼連理の語らいをした昔が忘れられぬ。

華やかだった昔に引き換え、今は破れ筵に寝る有り様。きつねの毛皮を二、三枚、それが無理ならせめていたちの毛皮なりとも、背中に当てて眠りたい。小野小町が落ちぶれて行き倒れたのと同じで、哀れな姿に成り果てた。いやいや、すべては浮世の思い出。今は弥陀を頼むのみ）

それからは心を新たにし
「阿弥陀様、そのお弟子の、観音菩薩、勢至菩薩。姥を導き給え。南無阿弥陀仏。南無阿弥陀仏」と西に向かって伏し拝み、一心に念仏を唱え続けていると、やがて天上から花びらが舞うように散りかかり、よい香りが漂ってきました。

そうして、姥は眠るように穏やかな臨終を迎えました。


（終わり）

【再話者のメモ】

一　室町時代の人たちの平均寿命は、度重なる天災や相次ぐ戦乱などにより大変短く、およそ十六歳だったと言われます。
それに対し、この物語の主人公が九十歳を越えていたのは異例と言ってもよいでしょう。

二　鎌倉時代の四条貞子は、建久七年（一一九六）に生まれ、正安四年（一三〇二）に百七歳で亡くなっています。貞子は平清盛の曾孫であり、西園寺実氏の正室でした。嵯峨の今林殿に住んだため今林准后《じゅごう》と呼ばれ、また北山准后、常盤井准后とも号しました。
弘安八年（一二八五）には北山第に後深草、亀山両上皇、後宇多天皇、東宮（後の伏見天皇）らを迎え「九十の賀」（九十歳の祝い）が盛大に執り行われたことが記録されています。

木《き》曽《そ》義《よし》高《たか》物《もの》語《がたり》

御伽草子には、実在した人物をモデルとしているものがあり、この物語もその一つです。「吾妻鏡」に、主人公である木曽義高や大姫《おおひめ》に関しての記述がありますが、史実と物語とでは異同があります。

父親の源頼朝によって人生を左右された大姫に多くの人が同情し、政略結婚による悲劇をこのような物語に仕立てて、語り継いだのではないでしょうか。

底本として、「室町時代物語大成　第四」十五頁から四十一頁所収の「木曾よし高物語」（慶長九年写本）を用いました。

【二】

昔のお話です。

源頼朝と正妻北条政子との間に生まれた第一子は大姫と言いました。大姫はまだ幼かったのですが、木曽義仲の嫡男義高と結ばれていました。三年前に義仲が頼朝に恭順の証しとして嫡男を人質として送り、義高は大姫の夫として遇されたのです。義高は教養があり武芸も達者、眉目秀麗な若者で、大姫とは相思相愛の仲でした。

しかし、義仲が京に進軍して都から平家を追放した後、頼朝は意に反する行動をする義仲を追討するよう義経に命じ、その結果、義仲は討ち死にしてしまいました。

その知らせを聞いた頼朝は言いました。

「義仲にゆかりある者で残っているのは、義高一人となった。父親に似ず、知恵才覚がある若者であるから、このことを知れば、わしを親の仇として狙うかもしれん。この三年の間慣れ親しんだ間柄であり不憫じゃが、斬ってしまわねばならん。夫婦が一緒に住む小御所に討手を差し向ければ、義高はまず姫を刺し殺し、その後で自害するに違いない。若宮での催しがあると言って姫をこちらに呼び寄せ、二人を隔てた上で、犬追物を催すとの口実で義高を誘い出し、小坪の浜で首を斬れ」

何も知らない大姫は父からの招きに応じ、出かける前に義高に言いました。

「若宮での催しに来るよう招かれました。すぐに戻ってまいります」

大姫が大勢の女房を従えて出て行くと、待ち構えていた武士たち三百余騎がひそやかに小御所を取り囲みました。それに対し、義高を守る強者はわずかに四人、いずれも年若い者たちでした。

義高も頼朝の企みを知りません。家来にこう語りました。

「三年前の八月に故郷信濃を出てから、父上母上にお会いしていない。父上は都におられ、母上は越中の国におられると聞く。懐かしく思うのはいつものことだが、今宵はなぜかことさら面影が偲ばれ、心細くてならぬ。気分を変えるために管絃をしようではないか」

義高が琴を受け持ち、若党の一人は横笛、一人は笙の笛、また琵琶を弾く者、催馬楽を唄う者と、それぞれが調べを揃えて心を慰めるのでした。そのしっとりとした音色は屋敷の外にまで流れ、取り囲む武士たちにも憐れを誘いました。

一方、頼朝の御所に着いた大姫一行に、頼朝の企みをそっと耳打ちする者がありました。

大姫はあまりのことにしばらく茫然としていましたが、気を取り直すと言いました。

「義高殿は敵の嫡男。致し方ないとはいえ、この三年の間比翼の契りを深くしてきたのじゃ。親に従えば来世で夫婦の契りが断たれ、夫を助ければ親不孝となる。ああ、この身が雪か霜ならば、この場で消えてしまいたい。こうと知っていたなら、ここには来なかったものを。私は義高殿なしでは生きてはいけぬ。一刻も早く義高殿にお知らせしなくては」

大姫は女房たちの一行の中に身を潜め、夕やみに紛れて頼朝の御所を抜け出しました。

小御所を囲む兵たちは、思いがけない一行の帰宅に慌てました。

「何事でございますか。もう夜が更けております。明朝お越しください」

「いいえ、若宮に捧げるための品を忘れてしまいましたので、取りに戻ったのです」

一人の女房が何げないような軽い口調で述べると、兵たちは門を開きました。

大姫が中に入って見ると、義高は薄明かりの中で本尊に向かい、一心に法華経を読誦しています。大姫は涙が先に立ち、何も言えません。

「どうしたのですか。鎌倉殿からなにかお叱りでも受けたのですか」

「お叱りなら泣いたりしません。去る正月二十日、木曽殿は叔父の九郎判官に討たれました。義高殿の母上と幼い御兄弟も二月七日に自害なさったそうです。木曽殿のお身内としてただ一人残られた義高殿を討てと父が命じ、兵たちが屋敷を取り囲んでおります。明日になれば犬追物に事寄せ、外にお誘いして御首を斬ろうとの企みでございます。御所でひそかに知らせる者がありましたので、急いで戻ってまいりました」

「そうでしたか。神ならぬ身の悲しさ。何も知らず管絃に時を費やしていた我を、兵どもは何と思ったことだろう。これまで、鎌倉殿を高き山、深き海とも頼りにしてきたのに、騙し討ちをなさろうとは情けない。御身は鎌倉殿のお子、男子ならまず御自身が私を討ち取って父上に見参されるべきにも拘わらず、夫婦の契りゆえに親に背き、義高を助けようとされるそのお志が、何よりありがたい。すぐに御所へお帰りなさい。私は心静かに自害いたします」

「ここに戻ってきたのは、どうにかして義高殿を落として差し上げるためです。聞き入れてくださらないなら、まず私をお斬りください」

大姫の乳母冷泉も言葉を添えます。

「どうか姫のお志を御汲み取りください。殿は華奢でいらっしゃいますから、女の衣装を着て元結をほどき、髪にかつらをつければ女に見えます。四人の若党も同じように女装すればここを抜け出すことができましょう」

「私はこれまで敵に後ろを見せたことはなかったが、姫の願いを聞き入れよう。徒歩での逃亡は無理だ。馬を五頭出してはもらえないか」

女房たちの中に馬の扱いに慣れた者があり、五頭の馬に幣帛を付けて、さも神への捧げ物であるように調えました。さらに武具や弓矢を女房たちの着物の中に隠して、なにくわぬ様子で屋敷から出ようとしました。

しかし、警備の兵たちがこれに不審を抱かない訳はありません。

「夜が更けてのお出かけさえいかが、と存ずるのに、馬まで引いておられるのは納得できませぬ。朝になってから出かけられよ」

「これは神に捧げる馬でございます。留められれば、いかなる天罰が下るかもしれません。お通しください」

口達者な女房が自信たっぷりで述べると、兵はしぶしぶ門を開けました。

一行は人目のないところに来ると、義高と若党を武者の出で立ちに調え、つかの間の別れを惜しみました。大姫は先祖から伝わる鏡を義高に贈り、義高は姫に髪の毛の一束を切り取って渡しました。

義高主従は奥州の藤原秀衡を頼って北に向かい、大姫たちは頼朝の御所に戻りました。

翌朝には義高逃亡が発覚しました。大姫に付き添っていた女房たちが手引きしたことは明白で、頼朝の前に引き出され、詮議を受けることになりました。大姫は母政子に書状を送りました。

『父上は今や日本国を掌中に収めておられますが、義高殿は敵の子として、風前の灯のような立場です。落ちて行っても憐れんでくれる父も母もありません。この三年の間鎌倉に留めおかれ、私と一緒に住まわせられたというのに、今度は首を斬ろうとなさるのです。あまりに悲しく、私の一存でお逃がしいたしました。罪のない女房たちをお責めになるのはおやめください』

泣きながら書いたので、文字が涙でにじんでいます。政子から文を受け取った頼朝は苦々しく言いました。

「弓矢を取る身で持ってはならぬのは、娘じゃ。親の敵を助けて逃がすなどもっての外の行いじゃ。若宮の別当に申し付け、大姫を尼にして下野の日光山に流すよう計らえ」

それに対して政子は真っ向から反論しました。

「昔のことを思い出されませ。平治の合戦に負け、殿も生け捕られましたが、池の禅尼のお助けにより伊豆の蛭ヶ小島に流されました。伊藤祐親の娘との仲を裂かれ、お二人の間に生まれたお子を殺されました。祐親の娘の悲しみと今の大姫の悲しみは同じです。また、祐親は殿を殺そうとしましたが、伊藤祐清が手引きして殿をお逃がししたのでした。そのときの殿と義高殿の気持ちに違いはありません。三年の間、比翼連理の契りを深くしていた大姫が、夫を逃がすのは当然です。姫を尼にして流すなら、私も一緒に流されます。離れて姫を心配することは耐えられません」

道理に詰められた頼朝は目を伏せ、ややあってからこう命じました。

「義高が見つかるまで姫を独りにして、小御所に閉じ込めておけ」


【二】

義高一行は旅に慣れない上に人目を避けるため、昼間は木陰に身を潜め、夜になって移動するので、なかなか道がはかどりません。七日目に下野の国、那須野に着いたところで追手に捉まりました。義高と若党は善戦しましたが、多勢に無勢、家来はみな討ち死にし、義高は生け捕られてしまいました。義高は馬上に縛りつけられ、鎌倉に連れ戻されました。

御所の庭に引き据えられた義高は、頼朝からこう問われました。

「この三年の間、親子として信頼する間柄であったのに、このわしを捨ててどこへ行こうとしたのじゃ」

頼朝は非を義高に負わせるつもりなのです。

「鎌倉で潔く自害する覚悟はありましたが、親しい者たちに憂き目を見せるのをはばかって落ちて行ったのです」

「敵に後ろを見せ、源氏の名を辱めた汝の行いは嘆かわしい」

頼朝の言葉を聞くと、義高はからからと笑いました。

「お言葉とも思えません。殿の父、左馬頭殿は平治の戦で敗れ長田を頼って落ちられましたが、騙し討ちにされました。殿も東国目指して落ち行かれましたが捕らえられ、池の禅尼の情けで流罪になされたのです。そのおかげにより、今は日本国を掌握されております。義高もひとまず落ち行き、再起の秋《とき》を待とうとしたのですが、命運尽き、捕らえられたことが口惜しくてなりません。ここはお情けをもって一刻も早く首をお斬りください」

義高から臆せず道理を述べられた頼朝は、眉根を寄せ目を閉じていましたが、しばらくして言いました。

「述べるところは健気である。しばらくは生かしておきたいが、それではかえっていたわしい。早く暇をとらせよ」

義高は馬に乗せられ、刑場となる小坪の浜に引かれて行きました。その道沿いに小御所があります。塀の隙間から中を窺うと、かつて姫と睦まじく過ごした庭も寂れ、人の姿はなく、姫が一人きりで幽閉されている様子が見て取れます。青葉が出始めた桜の木に、もう花がないことも憐れを誘うのでした。

小坪に着くと、義高は刑吏となった藤内光澄に、切り取った一房の髪を姫に届けるよう託しました。別れるときに姫から贈られた鏡は、いつまでも離さず持っていてほしいと姫が願ったことを思い、自分の身につけたままにしておきました。そうして西に向き手を合わせて念仏しているところを斬られました。生年十六歳でした。

翌日、形見の品を届けられた姫は、義高の最期の様子を聴き、泣き崩れました。

それからの姫は水さえ喉を通らず、すっかり気力を失っていきました。

自分の命が尽きようとしていることを知った姫は、母政子に文を書き残しました。

『自らこそ恋しき人の忘れ難さに、遂にはかなくなり候へ。父御前の御情けなき事いかでか忘れべき。御末をば護り失い参らすべし。母御前の御嘆き、思ひやり参らせ候へば、草の陰にても心にかかり侍りなん。これも前世の事と思召、御嘆き有まじく候。母御前の御末は、七代まで守護神となりて護り参らすべし。自ら夫妻もろともに、後生問ひてたび給へ。母御前の御形見には書き置く筆のあと御覧ずべし。一面の琵琶をば冷泉の局に参らする。一丁の琴をば第二の局に参らする。四百帖の草子をば女房たちに奉る。面々、自らが形見に見給へよ』

（底本の一部を、適宜、漢字を当て、濁点をつけて引用）

このとき大姫は十四歳でした。

乳母の冷泉は出入り禁止とされていましたが、姫のことが案じられてなりません。ひそかに小御所を訪れ、手薄な警備の隙を見て中に入りました。御簾の外から声を掛けましたが返事がありません。高まる動悸を手で押さえながら内に入り、姫が掛けていた衣を引き上げると、そこには冷たくなった姫の亡骸がありました。

姫の残した文を持ち、泣きながら御所に駆け込んだ冷泉の言葉に、政子と大勢の女房が小御所に駆け付けました。思い焦がれるあまりに亡くなってしまう「思死《おもいじに》」なら、もしかして生き返ることもあるかも知れないとかすかな望みを抱き、亡骸を四、五日そのままにしておきましたが、ついに温もりは戻らず、目が開くこともありませんでした。

姫の亡骸は荼毘に付されました。その火の中に冷泉が飛び込もうとしましたが、皆に押しとどめられました。それから七日後、冷泉も「思死」してしまいました。鎌倉中、まるで暗闇に押し込められたようで、涙を流さない人はありませんでした。

大姫が亡くなって三十五日経ったときのことです。若宮の正面の柱に虫喰いの跡が見つかりました。それまではなかったものです。それは何かの文字のようでしたが、誰も読み解くことができません。若宮の別当だけがこう読み解きました。

『私は亡くなってから七日目に想う人に会うことができ、今一緒にいます。乳母の冷泉も一緒です。義高殿は法華経読誦の功力で修羅道の苦を免れ、兜率天《とそつてん》の内院に住まわれ、私もともにおります。母上があまりに嘆かれるので、その涙が炎となって私を苦しめます。どうか嘆くのはおやめになり、私の後生を弔ってください。どれほど嘆いても、昔に戻ることはできないのですから』

別当から知らせを受けた頼朝と政子は若宮に参詣し、新たな涙を流すのでした。しかし、あまりに人びとが哀れがるので、百日後、頼朝はその虫喰いを削り取らせてしまいました。

「姫がこれほどまでに義高を慕っていたとは。義高を供養する塔を建てよう」

けれども、頼朝の思いは姫の怨念に妨げられたのか、塔が完成することはありませんでした。

一方、政子は姫のために二階堂を建立し、高野山から高僧を呼び寄せて説法を度々開き、多くの男女が帰依しました。

さて、頼朝は建久十年（一一九九）正月十三日に亡くなりました。五十三歳でした。その年は年号が正治と改められました。将軍家は二代頼家、三代実朝と、頼朝の血筋が継ぎましたが、その正統は三代で途絶えました。頼朝の一つの行いが残念な結果を招いたのです。それに比べ北条家は鎌倉幕府の執権として末永く栄えました。大姫が守護していたからでしょう。

（終わり）

【再話者のメモ】

一　「吾妻鏡」は鎌倉幕府の編纂した編年体の公的記録です。全五十二巻の中には、木曽義仲の嫡男義高が人質として鎌倉に送られたいきさつや、大姫に関する出来事も記されています。

二　史実では、義高が亡くなったのは十二歳、そのとき大姫は七歳でした。大姫は義高の死後も義高を偲び、二十歳前後で亡くなったと言われています。鎌倉市大船の常楽寺裏山（粟船山）に義高を祀る「木曽塚」と、大姫を祀るための祠とも伝わる「姫宮塚」があります。

三　底本は慶長九年（一六〇四）に書写された写本ですが、物語の成立は室町時代前期と推定されています。

四　同じ題材で類似した内容の伝本も多く、「清水《しみず》物語」「清水の冠者」「頼朝の最期」などの題名で、少なくとも十三編が残されています。

三人法師《さんにんほうし》

この物語は、高野山で修行する三人の僧侶が、遁世するに至った過去を懺悔するお話です。伝本が多く存在していることから、人気のある作品だったようです。成立年代は未詳ですが、室町時代後期の作と考えられています。

当時、出家遁世するのは珍しいことではありませんでした。世俗の欲を断ち仏道に帰依することは、尊い行いであると讃えられてもいました。しかし、遁世した本人は来世の安穏を得ることができても、残された家族はどうだったでしょう。

人びとの抱く価値基準が、現在と大きく異なることを改めて感じさせられます。

底本として、「室町時代物語大成　第六」二一一頁から二三五頁所収の「三人法師」（寛永頃の丹緑本）を用いました。

［一］

昔のお話です。
高野山で修行をしている三人の僧がありました。成人してから出家をした半出家たちで、ある夜一所に集い、それぞれが出家遁世をするに至ったいきさつを語ることになりました。懺悔すれば罪を滅することになる、という思いを同じくした者たちでした。

最初に語り出した僧は四十二、三歳ほどで、難行苦行に痩せ衰えていますが、瞳には強い輝きを宿しています。

「足利尊氏公が将軍のとき、某《それがし》は、糟谷《かすや》四郎左衛門と申して、将軍のお傍近くにお仕えする近習であった。十三の年から御所に上がり、儀式にはもとより、月見、花見のお供に外れることはなかった。将軍が二条殿のお屋敷に招かれた折のことである。座敷で催されている酒宴の様子を垣間見たとき、一人の女房の姿が目に焼きついてしまった。その人はまだ二十歳にもならないようで、練貫《ねりぬき》の肌小袖に紅花緑葉の襲《かさね》、紅の袴を着し、黒髪が長く豊かだった。例えていえば李夫人か楊貴妃、小野小町か染殿の后。女御、更衣といえども、この人には及ぶまいと思われた。人間として生まれたからには、このような人と結ばれたいものだ、何としても、もう一度姿が見たいと望んだが、その日は叶わなかった。

宿所に戻り、忘れようとしても忘れられず、その人のことばかり想ううちに、食事が喉を通らなくなってしまった。四、五日出仕できないでいると、将軍から医師が差し向けられた。

烏帽子、直垂を着して威儀を正し、何気ない様子を繕って座ると、脈を取った医師が言った。

『これは不思議ですな。別段御病気とは思えませぬ。どなたかに恨みでもお持ちか、あるいは、厄介な訴訟でもおありかな』

『いや、某、幼きときにこのような病になったことがあるが、十四、五日の養生ですっかりよくなった。この度も日にちが過ぎれば治るはずじゃ。大したことはない』

医師は将軍に申し上げた。

『実際のところ、糟谷殿はご病気ではございません。何か心にかかることがおありのようです。昔なら、これは恋の病と言ったものでございます』

『今でも恋がないわけではない。誰かに糟谷の心の内を問わせよ』

将軍の命を受けた佐々木が、某のところへやってきた。

『糟谷、水臭いではないか。朋輩多きその中に、そなたとは兄弟のように思って付き合っておるのに、これほどの病をなぜ隠す。恨めしいぞ』

『いや、大した病ではないから、老母にも知らせてはおらぬ。そなたがここにこうしていては、御所で万一の大事が起こったときにお役に立てず申し訳ない。早く帰ってくれ』

こう言って帰らせようとしたが、佐々木は聞かず、四、五日滞在して看病してくれた。その親切が身に沁み、とうとう、ありのままを語ることになった。

佐々木は事もなげに聞いていたが

『それは簡単なことだ』と言いおいて御所に戻っていった。

畏れ多くも、将軍は佐々木を遣って二条殿に文を届けさせられた。

『その女房は尾上という。昇殿を許されない地下の者に下すことはできぬ。しかしその者が一度こちらに来ることは許そう』という返事があり、将軍はそれを某のもとへ届けてくださった。

将軍へこのご恩を報じることができないほどありがたかったが、某の心中は複雑であった。たとえ一度その女房に会うことができたとしても、一夜限りのことにすぎぬ。行かぬほうがよいのではないか。しかし『せっかく将軍が仲立ちをしてくださったにもかかわらず、臆して会おうとしない糟谷は臆病者よ』とそしられるのは生涯の恥である。せめて一夜だけでも尾上殿に会い、その後のことは成り行きに任せよう、と思うに至った。

心を決めた某は、ある夜、二条殿のお屋敷を訪れた。通されたのは女房たちの控室で、美しい女房が四、五人いた。茶や香の遊びのあとで酒宴となったときに、一人の女房が盃を某に思い差ししてくれた。それが尾上殿であった。

宴が終わると、尾上殿は某を自分の局に導き、その夜のうちに結ばれた。

夜の明けぬうちに某は引き揚げなくてはならなかったが、寝乱れ髪で見送る尾上殿の姿は一層心惹かれるものだった。

それからは、某がひそかに二条殿の館に上がることもあり、また尾上殿がこちらの宿所へ忍んでくることもあり、次第に二人の仲は深まった。やがて人にも知られることとなり、将軍もお喜びになったのか、某に近江の国に千石千貫の所領を下された。

某は長年北野の天神を深く信じ、毎月二十四日に参籠するのを習慣としていたが、尾上殿に夢中になるあまりしばらくの間怠っていた。

十二月二十四日のことだ。歳末であり、このところの怠りを懺悔するために参籠し、夜更けまで熱心に念誦しておった。すると外からこんな声が聞こえてきた。

『なんともいたわしいことじゃ。どこのだれかは知れぬが、十七、八ほどの女房が殺され、衣装をはぎ取られたそうじゃ』

胸騒ぎがし、場所を尋ね、取るものも取りあえず現場へ急いだ。

果たして、それは尾上殿であった。無残にも黒髪まで切り取られていた。

尾上殿はいかなる罪の報いを受けたと言うのか。黄昏にもかかわらず某の宿所へ来ようとして災難に遭い、未だ二十歳にもならぬうちに世を去らなくてはならなかったとは。その時の某の心中をお察しあれ。

某の恋情が尾上殿を非業の死に至らしめたのだ。某は自分を責めた。そうして、殺された尾上殿のために何をなすべきか、夜通し考え続けた。

翌朝、某は髻を切って出家し高野山に上った。ただひたすらに尾上殿の菩提を弔い、二十年が過ぎた」

二人の僧は聞きながら涙を袖で拭きました。


【三】


次に話し出した僧は、五十歳ほどで、頬骨が高く顎が張り、目鼻立ちが大造り、唇の厚い大男でした。大きな数珠を爪繰りながら、こう言ったのです。

「その女房を殺したのは、このわしじゃ」

糟谷入道は顔色を変えました。まさにつかみかからんばかりに大男の僧に向き直りました。

すると、もう一人の僧が
「しばしお静まりあれ。事の子細を聞こうではないか」と執り成したので、糟谷入道も大きく息を吐き、座り直しました。

「京の人であれば、定めてお聞き及びであろう。わしの名は三条の荒五郎といった。九つの年から盗みを始め、十三で初めて人を斬った。その女房で三百八十余人じゃ。夜討ち、強盗を得意とし、それが自慢でもあったが、どうしたことか、その年の十月頃から盗みをしても、山賊をしてもうまくいかぬ。すべてが思いどおりにいかず、次第に妻や子の顔を見るのが煩わしくなった。十一月になると、わしは一人家を出て、あちらこちらの寺の軒先や神社の拝殿などに寝泊まりするようになっていた。ふと、家の有り様を見ようという気になって戻ってみた。すると妻がわしの袂にすがり、さめざめと泣きながら言うのだ。

『あんたって人はどうしてそんなに薄情なのかね。夫婦の縁が定まらないのはよくあること。こうなればさっさと離縁しておくれでないか。女一人ならどうとでも生きていけるからね。だけどちょっとはこの子らのことも考えておくれ。この二、三日は食べ物が底をつき、腹を空かせて泣いているんだよ。かわいそうとは思わないのかい』

『このところ何をやってもうまくいかず、くさくさして家を出ておったが、子らのことが心配で戻ってきたのじゃ。待っておれ、二、三日もすればうまくいくはずじゃ』

わしは、今宵こそは何とか獲物を手に入れねばならん、と使い慣れた太刀を手に出て行った。築地塀の陰に身を潜めて日暮を待っていると、元気な若者が数人通りかかった。それはやり過ごした。しばらくすると、姿がまだ見えないうちから、かぐわしい香の匂いが近づいてきた。

(しめた、これぞ格好の獲物じゃ、わしの運もまだ尽きてはおらぬ)と思った。

しばらくして やって来たのは、あたりも輝くような美しい上臈だった。供の侍女が二人おり、一人は前に、もう一人は包を持って後ろに従っておった。三人はわしの姿を見ぬようにして通り過ぎたが、追いかけて前に回り行く手をふさぐと、供の女は恐れて逃げ失せた。しかし上臈は少しも騒がず、声も上げず、澄んだ瞳でじっとわしの顔を見つめた。わしは太刀を突きつけ、上の衣を奪ったうえに、肌の小袖もよこすよう迫った。

『それは女の恥でございます。許し給え。代わりにこの守り袋を』

上臈が差し出した物には目もくれず、無道者の哀しさ、わしは重ねて言った。

『これっぽっちでかなうものか』

『肌着を奪われたら生きてはおれません。殺してください』

『それは望むところじゃ』

わしは一太刀で刺し殺し、肌着に血をつけてはならじと、急いではぎ取り、侍女の残した包も持って急いで家に帰った。妻を喜ばせたいと思いながら。

家に戻り戸を叩くと、妻が言った。

『いやに早いじゃないか。何も盗れなかったのかい』

『早く戸を開けろ。ほれ、これを見ろ』

奪ってきた包を投げ出すと、妻は包を乱暴に開き、中の物を広げた。すると辺り一面に立ち込めた香の香りは、隣の家にまで届くかと思われた。中にあったのは香を焚きしめた十二単の装束だった。上臈からはぎ取った練貫の肌小袖を手に取った妻が聞いた。

『こんなにきれいな肌小袖は生まれて初めて見たよ。きっと若い上臈だったんだろう。いくつぐらいだったのかい』

わしは妻が、殺された人を気の毒に思って聞いたのだと思った。

『薄暗くてよくは分からなかったが、二十二、三にはなっていないだろう。十八か九ではなかろうか』

すると妻は何も言わずに急いで外に出て行き、しばらくして戻ってきた。

『まあ、あんたは全くお大名だねぇ。どうせ罪なことをするんだから、もうちょっとは得になるようにおしよ。ほれ、その上臈の髪を切り取ってきたよ。こんな見事な髪はかもじに使えるじゃないか。高く売れるよ。あ、それそれ、その小袖に付いた血も早く水で濯がなきゃ』

妻は小袖の血を洗い流すと竿に干し、その周りで嬉し気に跳ね回った。

そのあさましい姿を見ているうちに、わしの心は冷え冷えとした思いでいっぱいになった。これほどまでに無慈悲な女と夫婦であることが情けなかった。妻を憎いと思った。じゃが、だんだん考えが変わってきた。目の前の妻の姿は、実はわしの姿じゃ。鏡に映った己の姿なのじゃ。そう気づくと、つくづくこの身があさましいものに思えた。前世で仏法の結縁があり、この世に人間として生まれたにもかかわらず、人を殺し、盗みをする悪人となり果てておる。これでは無間地獄に落ちることは間違いない。情けないことじゃ。最も罪深いのはこのわしじゃ。上臈を殺したことが悔やまれてならず、居ても立ってもいられなくなった。このままではいられない。仏道に入り、殺した上臈の供養をせずにはおられぬ気持になった。

その夜のうちに、名高い玄恵法印の許に行って弟子にしていただき、名を玄竹とつけていただいた。

それからこの高野山に上り修行をしている。そなたはさぞわしが憎いだろう。いかようにも愚僧を殺されよ。身をずたずたに切られても致し方ない。しかし、愚僧を殺しても、その上臈のためには却って、よくなかろう。命を惜しんで言うのではない。御仏の教えをお考えなされ。包み隠さず懺悔したわしの心をご推察くだされ」

そう述べると、涙をこぶしでぐいと拭いました。

糟谷入道は涙をこらえて言いました。

「たとえ世の常の発心であっても、互いに半出家の姿になっており、同じ立場だ。まして、尾上殿の供養をするための御発心であるからには、却って懐かしいとさえ思える。まことに尾上殿は菩薩の化身であったのだ。仏道に縁のなかった我らを救うために、仮に女人の姿となってこの世においでになったものであろう。そうでなければ我らが出家することはなく憂世にとどまり、極楽世界を望むことなどありえなかった。これは憂いの中の喜びというものだ。互いに思いを同じくしていると思えば、嬉しいことだ」

〔三〕

残る三番目の僧は、二人より年長に見えました。仏道の修行により痩せ衰え、顔色は黒く、破れ衣をまとっています。しかし真の悟りを得た人と見え、穏やかな表情をしています。二人の僧に促され、発心の訳を語り始めました。

「お二方の御発心のいきさつをお聞きして、なんとも言葉がありませぬ。某の話に格別のことはありませんが、まあ、お聞きくだされ。

某は河内の国、楠木の一族・篠崎掃部助の子で、六郎左衛門と申しました。父は楠木正成《まさしげ》殿の重臣で、何事においても相談にあずかり、篠崎がなくては叶わぬと言われたものでした。正成殿が討ち死にしたとき父も一緒に亡くなりました。某も楠木正行《まさつら》殿に従っており、正行殿が亡くなった際、共に討たれ負傷しました。しかし、首を掻かれなかったので、その場で息絶えることはなかったのです。某に息があることに気づいたある僧が、この身を担いで寺まで運び、手当してくれたので一命を取りとめました。

某が生き延びたことを正行殿の弟・楠木正儀《まさのり》殿はたいそう喜び、某の父がそうであったように、家来として重用してくれました。そのうち人づてに、正儀殿が室町幕府に下ったと聞き及びました。思いもかけない成り行きに驚き、正儀殿に問いただすと、意外なことを言われたのです。

『君（帝）に懸念を抱いたからだ』

『君に不満があるなら、先ずは自分が身を捨て、出家遁世すべきではありませんか。足利殿に降参するなど、君に弓を引くような行いでは、君をお諫めすることは決してできません。命運の尽きた君を見限り、ご自身の身を立てるための降参に他なりません。なぜこのように重要な事柄を某に相談もなく決められたのですか』

『そなたは定めてこの決心には同意しないと思ったから黙っていたのだ』

『楠木一族は正成、正行殿二代にわたり吉野朝廷に忠を尽くし、潔く討ち死にして名を後代に残されたのに、殿の代になって未練の振る舞いをなさることはまことに口惜しい次第でございます。今の領地を拝領されているのも君のご恩によるものではございませんか。古人も、君、君ならずとも臣をもって臣たり、と言いました。どうかお考え直しください』

こう申し上げたのですが、その後正儀殿は上洛し、室町幕府の管領に対面したと、あとで聞きました。

楠木の家来であることを捨てて、某が功をなすことなどできません。また、正儀殿に従ってともに降参することは意に反します。かつて正儀殿に申し上げたと同じく、主君を諫めるためにこの身を捨て、出家遁世するべきだと思い定めたのです」

〔四〕

この僧の話はまだ続きます。

「某が河内の国、篠崎の家を捨てて出家したとき、家には妻と三歳の娘、生まれて間もない息子がおりました。さすがに名残り惜しくはありましたが、遁世の障りとなる恩愛の絆を切り、関東へ向かいました。松島の道場で三年修行した後、北国を振り出しに諸国行脚の旅を始めました。

西国に向かおうとして河内の国を通りかかったときのことです。ふと故郷の篠崎の有り様を見ておこうという気になりました。住まいのあった所に近づいてみると、塀はあっても門も扉もなく、庭には草が生い茂り、家屋は失せ、粗末な小屋が二、三棟あるばかり。雨風に耐えられそうもない有り様です。見るに忍びないものでした。

少し離れた田に、みすぼらしい身なりの老爺が一人いて、田を耕していました。昔のことを知っているに違いないと思い、声をかけました。

『お尋ねするが、ここは何という所かな』

『篠崎という所でございます』

『いかなる人の御領かな』

『篠崎殿の御領でございます』

　某が田の畔に腰を掛けると、老爺も手を休め、鍬を杖にして話し始めました。

『ここは篠崎掃部助殿の御領地でございます。掃部助殿は優れたお方で、楠木殿が深く信頼しておいでででしたが亡くなられました。その御子息に六郎左衛門殿という方がおられましたが、楠木正儀殿が京方に降参されたことを不満に思われて出家遁世され、行方知れずとなっております。北国におられるとか、もう亡くなっておられるとか言われますが、よく分らないのでございます』

『さて、爺殿はお身内か、またはこの御領の方か』

『長年この御領で百姓をしている者でございます。六郎左衛門殿が遁世されてからというもの、ここはすっかり荒れてしまい、お仕えする者が誰もいなくなりました。この爺は、御台とお子様方のご様子があまりにいたわしく、取るに足らぬ身ではありますが、ここ五、六年の間お仕えしているのでございます。三歳の姫君と乳飲み子だった若君を振り捨てて父上が遁世なされたので、御台は苦労してお子たちを育てておられましたが、昨年の春ごろから病になり、寝付いておられたところ、とうとう三日前に亡くなってしまわれました。お子様方の悲しまれるご様子はとても見るに耐えないものでございます。

ほれ、あそこに松の木がありますが、ご遺体を火葬にしているところなのです。お供しようと申しましたが、『今日はいいから』とおっしゃったので、こうしていつものように田を耕しておりますが、気になって身が入りません。田を耕すのは自分のためではなく、お子たちの行く末を思ってのことでございます。お子たちはこの爺をおじいさんと呼んで慕ってくださいます』

話しながら涙ぐむ老爺を見て、某がどれほど邪険な行いをしたか思い知り、よほど名乗ろうかと思いました。しかし、恩愛のしがらみに引きずられてしまっては、これまでの修行が無になると考え、思いとどまりました。

『まことに尊い行いをなさる。爺殿のような志の人がほかにあろうか。まことにいたわしいことが世の中にあるものじゃ。幼き者たちの悲しみを思うと言葉もない。実は愚僧もそれほどのことではないが、同じような思いをしたことがある。幼くして父母に死別することほど悲しいものはない』

老爺と某はしばらくの間、言葉を交わすことができませんでした。

『爺殿、これからもあのお子たちを見放され給うな。父母が草葉の陰でどれほど嬉しく思っていることだろう。その行いが爺殿の子孫にとっても末繁盛の基となるに違いない。くれぐれもあの幼い人たちを愛おしみ給え。そうすれば仏神のご加護があろう。さて、そろそろ日暮じゃ。行かねばならぬ』

老爺は立ち去る某をしばらく見送ってくれました。

少し進むと大きな松の木の傍に差し掛かりました。そこをわずかに行き過ぎたのですが、妻が荼毘に付されているのです、このまま経の一篇も唱えず通り過ぎるのはあまりに道心がない、と思われて引き返しました。

すると幼い者が二人、木の根元にうずくまっています。我が子でした。

『そなたたちはここで何をしているのかね』

『まあ、嬉しい、お坊様が通りかかられるなんて。母が亡くなって三日になり、お骨を拾っております。どうかお経を上げてくださいませ』

二人をよく見れば、身なりは粗末ですが愛らしくまた賢そうです。姉は九つ、弟は六つになっております。抱きしめて、『わしが父じゃ』とどれほど言いたかったことでしょう。千度も万度も思いました。その心をお察しくだされ。けれどもここで名乗ればこれまでの修行が無になることを思うと、どうしても名乗れません。

姉は手箱の蓋を、弟は手箱の身の方を手に持っていました。誰が教えたのか、竹と木の箸で骨を拾い手箱に収め終えると、二人の流す涙で足元の土が濡れました。某もしばらくは何も言えませんでした。

『そなたたちはまだ幼い身でなぜ骨を拾うのじゃ。大人はおらぬのか』

『我らの父上は遁世し、未だ行方が知れません。仕えてくれる者も今はおりません』

姉はこう答え、寂しそうにうつむきました。某は経を読もうにも声が出ませんでした。しかし心を強くして経を唱えると、折しも時雨がざあっと降りかかりました。木の葉の露がまるで涙かと思われました。姉が言いました。

『母上は京の方でございました。歌には、どんな鬼神の心をも動かす力があるから、女の子は歌の道を身につけるよう教えられました。七歳から歌を詠み始めております。今、このように詠みました。

草木まで　われを哀れと　思いてや　涙に似たる　露を見すらん』

某がもしも露なら、その場で消えてしまったことでしょう。名乗ろうと思いました。思いましたが、子ゆえに道を迷ってはならぬと、わが身を励まし耐えました。

『見事な歌じゃ。まことに神も仏も褒められ、草葉の陰の父母もさぞ喜んでおられよう。愚僧はもののあわれがわきまえられぬ無骨者じゃが、その歌を聞いて涙をこらえることができぬ。ここを通りかかり、このように悲しい場に出合うのは前世からの因縁であろう。だが見放しがたくとも行かねばならぬ』

『仰せのごとく、すべては多生の縁でございます。お経を上げてくださってまことにありがとうございました。けれどお別れするのが悲しくてなりません』

姉がそう言って泣き崩れてしまうと、弟も姉にすがって泣きじゃくりました。

某は断腸の思いでその場を立ち去りました。二人はいつまでも見送り、某も何度も振り返りました。

そのうち二人は、家のある方とは別の方向に歩き始めました。捨て置けず戻って尋ねました。

『そなたたちはどこへ行こうとしているのか』

『ほうにん寺というお寺に、尊い上人が都から下って七日の御説法をなさり、今日でもう五日になります。大勢の人がお参りしているので、我らも御聴聞して、このお骨を納めようと思うのです』

『それはさぞ母上が嬉しく思われることじゃろう。で、ほうにん寺はここから遠いのか』

『よく分からないので、人びとが進む道をたどろうと思います』

『なぜ大人に付いてきてもらわないのかね。明日あの爺殿に連れて行ってもらえばよいではないか』

『いいえ、おじいさんにそう言ったところ、幼い者が行くものではないと叱られました。それで我らだけで参ります』

『それならばほうにん寺まで愚僧がお伴し、ともに上人を拝ませていただこう』

その道すがら姉が言います。

『父上が生きておいででしたら、お坊様ぐらいのお年と思います。どのような罪の報いか、父には生き別れ、母には死別いたしました。大人になってからお別れしたのなら、父上の面影を覚えていて寂しさを慰めてくれるでしょうに』

姉の頬を幾筋もの涙が流れ落ち、下から見上げる弟がけなげに姉を慰めました。

『姉上、父上は仏になっておられると、朝夕母上がおっしゃっておられたではありませんか。そんなに泣かないで』

二人のやり取りを聞く某は、涙で目の前が見えなくなりました。

ほうにん寺に近づくと、それは大変な人出でした。摂津、河内、和泉三国から集まった人で、木の下、草の根元まで埋め尽くされています。しかし某が
『道をお開けください。上人にお目にかからせていただかなくてならぬのです』と言いながら、二人の先に立って人混みを押し分けると、神仏も憐れに思われたか、みな道を開けてくれました。

上人のそばまで行き、姉が手箱を差し出して跪くと、上人は優しく問われました。

『幼き人はいかなる人か』

『楠木の一門篠崎六郎左衛門の子でございます』
姉が、この寺を訪れたいきさつを語り
『亡き母のお骨を手箱に入れましたが、このあとどこに納めればよいかわかりません。どうか上人様のお力で、母が浄土へ迎えられるよう回向してくださいませ』と言うと、上人も群衆もみな涙にくれました。
それから姉は袂から一巻の巻物を取り出して、上人に差し出しました。上人は声に出して読み上げました。

『それ人間の界《さかひ》を聞けば、閻浮《ゑんぶ》の衆生は命不定《めいふぢやう》也と申せ共《ども》、其中にも、成人するまで親に添ふ人の子、多く候へ共、いかなる宿執《しゆくしう》によって、われら三歳の時父には生きての別れ、母には死しての別れと成ぬらん。今ははや頼む方なく成果てて、迷ひの心はやる方もなし。思ひの煙は胸をこがし悲しびの涙乾く間もなし。我身のやうなる人しあらば、愁の道を語り慰む方《かた》も有べきに、まどろむ事も無き程に、夢にだにも見奉らず。ただ、身に添ふ物は有か無きかのかげろふばかりなり。三日を過ごしけん思ひは、ただ千年万年を暮《くら》すもかくやと思ひ知られたり。ましてや行末《ゆく》のかなしき事はやるかたぞなき。露の命、いく秋をか保つべきとも覚えず。かやうにみなし子と成果てて、誰かあはれとも問ふべき。ただ願はくは我ら二人をあはれみ給ひ、母もろともに一つ蓮《はちす》の台《うてな》に迎へ給へ』
（底本の一部を、適宜、漢字を当て、濁点を付けて引用）

上人は涙で声を詰まらせながら、どうにか最後まで読み上げました。その場にいた聴衆も、貴賤上下、道俗男女、袖を絞らぬ人はありませんでした。某は、合戦の場で千騎万騎の中に斬り込んで一命を捨てるほどの思いで立ち去りました」

〔五〕

「その後、某はこの高野山に上りました。弘法大師が入定されたところ、諸仏がおわします霊地でありますから、悟りを得るにはここしかないと思ったのです。奥の院の傍らに粗末な庵を結び、ただひたすら修行に明け暮れており、人と接することはありませんでした。今夜このようにお二方とお話しするのも初めてのことです。

さて、もう何年前になりますか、河内から来た人が話しているのを耳にしました。わが子はほうにん寺で別れて間もなく、楠木正儀殿が孤児となった二人を哀れに思われ、篠崎の家督を息子に継がせて下さり、娘は尼にしてくださったとのことでした。まことにありがたいことです。お二方もどうかご休心くだされ」

これを聞いた二人の僧は涙を拭き、やっと穏やかな表情を取り戻しました。

玄竹以外はそれまで出家後の名を語っていませんでしたが、ここではじめて、糟谷入道は玄松、篠崎入道は玄梅と名乗りました。

「これはまことに不思議なことじゃ。わしは玄竹、みな上は同じ玄、下は松竹梅ではないか」

荒五郎入道の玄竹が言うと、三人揃って手を打ちました。

「同じ師について修行していても、こうまで揃うことはない。同じ山に住みながら、これまで互いに知らずに過ごしてきたのは残念なことであったよな。われらの契りはこの世ばかりではなく、来世にても続くに違いない。まことに得難いことじゃ」

糟谷入道・玄松が穏やかに言うと、篠崎入道・玄梅も続けました。

「憂世での地位、財産、知恵、楽しみなどは、命がある間のもの。何かのきっかけで、人の命は無常であり定めがないものと気づけば、御仏の教えにすがり、ひたすら修行の道に励むしかない。玄松殿も尾上殿の死に合わなければ発心することはなかった。あながちに悪を嫌うことはない。悪は善の裏側じゃ。すべては御仏が悟りを得させようと図られたことに違いない」

玄梅がしみじみと語ると、玄竹、玄松も大きく頷きました。

高野山の夜は静かに更けていきました。


（終わり）

【再話者のメモ】

一　この物語は南北朝時代を背景としています。
南北朝時代とは、一三三六年に後醍醐天皇が京都より吉野へ入ったときから、一三九二年に後亀山天皇が京都へ還幸するまでの期間で、京都には北朝（持明院統）、吉野には南朝（大覚寺統）の二つの朝廷があり、対立した時代を言います。

二　高野山は和歌山県北部の山で、山頂に真言宗の総本山金剛峯寺があります。
弘法大師空海が、唐から帰朝後八一六年に金剛峯寺を建立し、開祖となりました。

高野山には多くの寺院、僧坊があり、出家遁世した人の修行の場として知られます。かつては女人禁制の地でした。

あとがき

　私がライフワークとして御伽草子の再話を書き始めてから、およそ二十年経ちました。本にまとめ出版しようと思い立ったのが、二〇二〇年のことです。その年のうちに第一作「星のことづて　御伽草子の再話集」、翌年に続編として第二集を刊行することができました。

　市井の一文学愛好者の持ち込み原稿に目を通し、出版を引き受けてくださった溪水社の木村社長に、心からお礼を申し上げます。

　溪水社からは、高校時代の恩師堀芳夫先生、大学時代の恩師友久武文先生、また職場の上司だった今堀誠二先生も御本を刊行されています。今は亡き先生方にご報告したい思いです。

　本の題名を「星のことづて」としたのは、室町時代の数多くの短編物語を星に例え、その存在はあまり知られていなくても、小さな光となって今の世の中にちゃんと届いていると考えるからです。

　その思いを一篇の詩にして中国新聞読者文芸欄の「中国詩壇」に投稿し、二〇二一年四月五日、中国新聞21面に掲載されました。

星の名前

畠山　美恵子

夜空にきらめく星たちに
名前はあります　どの星も
名もない星とは言わないで
たとえ知られていなくても
誰かが見つけてくれたとき
世界で一つの星になる

広い野原に咲く花に
名前はあります　どの花も
名もない花とは言わないで
たとえ知られていなくても
誰かが見つけてくれたとき
世界で一つの花になる

街を行き交う人々に
名前はあります　どの人も
名もない人とは言わないで
たとえ知られていなくても
あなたが見つけてくれるなら
世界で一人の人になる

（この詩を元にした歌詞で曲も作りました）

この度、第三集を刊行することができたのは、溪水社をはじめ支えてくださった皆様のおかげです。そして、温かい励ましの言葉をいただいたことは、何より大きな力となりました。

ご愛読いただき、ありがとうございました。

参考文献（第二集記載の文献は省略）

池邊義象編　校註國文叢書「保元物語　平治物語　平家物語」博文館　一九一三年
田中允校註　日本古典全書「謡曲集　中」朝日新聞社　一九五三年
西尾實校注　日本古典文学大系「方丈記　徒然草」岩波書店　一九五七年
三谷栄一著「日本文学の民俗学的研究」有精堂　一九六〇年
後藤丹治　岡見正雄校注　日本古典文学大系「太平記　三」岩波書店　一九六二年
横道万里雄　表章校注　日本古典文学大系「謡曲集　下」岩波書店　一九六三年
倉野憲司　武田祐吉校注　日本古典文学大系「古事記　祝詞」岩波書店　一九六九年
笹野堅編「幸若舞曲集」臨川書店　一九七四年
久保田淳校注　新潮日本古典集成「新古今和歌集　上　下」新潮社　一九七九年
安田元久編「鎌倉・室町人名事典」新人物往来社　一九八五年
徳田和夫著「お伽草子研究」三弥井書店　一九八八年
本郷和人著「中世朝廷訴訟の研究」東京大学出版会　一九九五年
木村千鶴子　八木意知男解説「大黒舞絵巻：鎌倉英勝寺所蔵」（甦る絵巻・絵本）勉誠出版　二〇〇六年
服部真澄著「令和版　全訳小説　伊勢物語」講談社　二〇二〇年

著者紹介

畠山　美恵子

1948年　鳥取市に生まれる

1967年　広島大学附属高等学校卒業

1971年　広島女子大学文学部国文科卒業

著書　『星のことづて　御伽草子の再話集』（2020年）

『星のことづて　第二集　御伽草子の再話集』（2021年）

星のことづて　第三集

御伽草子の再話集

発　行　令和四年五月一〇日

著　者　畠　山　美恵子

発行所　㈱　溪　水　社

〒七三〇-〇〇四一

広島市中区小町一－四

電話　〇八二-二四六-七九〇九

ISBN978-4-86327-591-1　C0093